KB119689

숨은
말

찾기

숨은
말
찾기

홍승은 에세이

위즈덤하우스

표지 설명

미색 거친 종이에 매끈한 펄로 여러 가지 모양의 큰따옴표와 쉼표, 말줄임표가 표현되어 있고 제목과 저자 인명은 검은색으로 적혀 있다. 맨 왼쪽 상단에는 각진 모양의 여는 큰따옴표가 그려져 있고 그 옆으로 그보다 작게 둥근 큰따옴표가 그려져 있다. 둥근 큰따옴표 옆에 속이 빈 둥근 큰따옴표가, 맨 오른쪽 상단에는 가운뎃점 세 개로 이루어진 말줄임표가 있다. 말줄임표 아래에는 닫는 큰따옴표가 새겨져 있고 그 대각선 왼쪽 아래에 여는 큰따옴표가 있다. 그 왼쪽 옆에 가운뎃점 세 개로 이루어진 말줄임표가 있다. 말줄임표 아래로 소괄호 속에 '숨은 말 찾기'라는 제목이 적혀 있다. 제목 옆에 둥근 모양의 여는 큰따옴표가 그려져 있고 그 오른쪽 대각선 위로 각진 모양의 닫는 큰따옴표가 있다. 제목 아래에 '홍승은 에세이'가 검은색으로 적혀 있고 그 오른쪽 옆에 둥근 모양의 쉼표가 그려져 있다. 오른쪽 아랫부분에 꼬리가 가늘고 긴 여는 큰따옴표가 커다랗게 그려져 있고 맨 아래에 출판사명 '위즈덤하우스'가 검은 글자로 쓰여 있다.

제목과 저자 인명, 여러 가지 모양의 큰따옴표와 쉼표, 말줄임표는 모두 박으로 가공하여 손으로 표지 디자인을 감각할 수 있다. 이 텍스트는 이 책을 TTS(Text To Speech)로 듣는 독자들에게 표지 디자인을 전달하기 위해 작성되었다.

우리는 그림자로 간다
: 숨은 말을 찾으러

마이크를 잡기 전이나 사람들 앞에서 내 의견을 말할 때면 머리에서 온갖 동사가 넘실거린다. 숨기와 드러내기, 외면하기와 응시하기, 침묵하기와 말하기. 두 마음 사이에서 줄다리기하며 마이크를 잡는다. 나는 글과 말로 이야기를 전달하는 집필 노동자, 그리고 강연 노동자다.

누군가에게 나를 강연 노동자라고 소개하면 기대에 찬 눈빛을 마주하곤 한다. 마치 집필 노동자라고 소개하면 맞춤법을 잘 알거나 글을 무척 잘 쓰겠다는(나는 글을 잘 쓴다는 것이 무엇인지 항상 궁금하다) 반응이 따라오는 것처럼, 말 참 잘하겠다는 이야기를 듣는다. 그럴 때면 무대 위에서 가쁜 숨을 몰아쉬고 땀에 젖은 두 손으로 마이크를 고쳐 쥐던 순간들을 떠올린다. 가끔 머리가 백지가 되어 죄송하다는 말만 연발했던 순간과 지루한 표정과 날 선 목소리에 상처받았던 순간도.

그렇게 괴롭다면, 숨고 싶다면, 나는 왜 이 일을 할까? 왜 굳이 드러낼까. 표현할까. 지난 7년간 망설일 때마다 스스로에게 물었다. 나는 누구에게 어떤 이야기를 전하고 싶은 걸까? 이 질문이 있었기에 드러내는 쪽으로 몸을 기울일 수 있었다. 나에게는 하고 싶은 말이 있었으니까. 편견을 먹고 자라는 성장 위주의 언어가 아닌, 편견을 해체하고 세계를 돌보는 언어. 배제가 아닌 연대의 언어. 나를 자유롭게 한 언어. 당신에게도 꼭 닿길 바라는 이야기들. 자유들. 그 이야기를 전할 때만큼은 익숙한 문장을 뒤로하고 용기 낼 수 있었다.

익숙한 문장: 숨다. 망설이다. 멈칫하다. 주저하다. 불안하다. 수치스럽다.
낯선 문장: 드러내다. 마주하다. 말하다. 표현하다. 존재하다. 아름답다.

낯설었던 문장들을 내 앞으로 끌어온다. 이 문장이 당신에게도 가까워지길 바라며 무대에 선다. 수업을 진행한다. 의견을 말한다. 당신도 망설이는 시간보다 존재하는 시간이 길어지기를 바라면서.

이번 주에도 울음을 들었다. 매주 성실하게 글을 쓰고 발표에도 누구보다 적극적이었던 파란은 글을 읽기 전부터 울먹였다. 그리고 20년 만에 처음 꺼낸다는 긴 이야기를 들려줬다. 이야기 끝에 파란은 말했다. "제가 이 말을 꼭 하고 싶었던 모양이에요." 꼭 말하고 싶었어요, 가 아닌, 마치 다른 사람을 지칭하는 듯한 말. 수업에서 자주 듣는 말이다.

글쓰기는 나도 모르는 나를 발견하는 미로로 들어가는 일이다. 책 한 권과 노트북 하나를 어깨에 메고 우리는 미지의 세계로 떠난다. 나도 잘 모르는 내 이야기를 찾으러 지도 없이 과거로 뚝 떨어지는 일. 그곳에서 우리는 숨겨진 이야기를 찾는다. 수치심과 죄책감, 상처에 젖어 내면 깊은 곳에 가라앉은 이야기를 발견한다. 우리는 그 말들을 건조하여 끌어안는다. 가난에 웅크렸던 이야기, 진창 같은 사랑에 상처받은 이야기, 폭력 앞에서 바로 대항하지 못하고 무릎 꿇었던 이야기. 이야기들을 끌어와 그 모든 일이 내 잘못이 아니라는 사실을 상기한다. 상처라는 날카로운 조각을 사라지게 할 수는 없지만, 부드러운 돌로 깎아 주먹에 꽉 쥔다. 쥘 것이 있으면 어떻게든 앞으로 나아갈 수 있다.

수업에서 내가 가장 자주 하는 말은 "들려줘서 고마워요"이다. 이 말이 나오는 순간이면 나와 동료들은 함께 박수를 친다. 드디어 꺼낸 그 이야기 앞에서 우리는 진심을 다해 축하한다. 당신이 그토록 찾고자 했던 이야기를 찾았군요!

그렇게 자기 안의 숨은 말을 찾아가면서, 사람들은 적극적으로 외부로 눈을 돌린다. 가라앉은 이야기들. 소수자의 이야기들. 가장 나중으로 밀린 목소리에 귀 기울인다. 세상에는 숨은 말들이 많으니까. 우리 내면에서 밀려난 소외된 이야기는 세상에서 밀려난 소외와 정확하게 닿아 있으니까. 계속 드러내고 있는데, 드러나지 못했던 이야기들을 듣는다. 나중으로 밀린 목소리를 가장 먼저 찾아 듣는 일. 그것을 나는 적극적인 읽기와 듣기라고 부른다. 이야기의 반란이라고 부른다.

기후 위기에 대항하는 목소리, 차별금지법 제정에 힘쓰는 목소리, 장애인 탈시설 집회를 비롯해 곳곳에서 일어나는 크고 작은 거리의 외침들. 이름 없는 소수자의 죽음에 이름을 붙이려는 목소리. 애도할 권리, 애도될 권리를 외치는 목소리들. 밝은 말에 가려 보이지 않는 말들. 그 말들을 듣기 위해 우리는 그림자로 간다.

이야기를 찾는 일이 세상을 바꾸는 일과 어떤 관련이 있죠? 누군가는 묻는다. "이제 이야기 타령은 그만할 때가 된 거 아닌가요? 이야기만으로 바뀌는 게 무엇이 있죠? 사적인 고백이 무슨 의미인가요?" 나는 아직 더 많은 이야기들이 흘러야 한다고 믿는다. 인종, 계급, 젠더, 섹슈얼리티, 장애, 연령, 이주 상태 등 다양한 영역에서 정상 규범을 강화하는 단일화가 주위를 감싸고 있는 이 세계에 더 다채롭고 아름다운 이야기가 흘러야 한다고 믿는다. 그 이야기는 다른 누군가의 말이 될 수도 있지만, 누구보다 우리 안에 가라앉은 이야기에서도 찾을 수 있다.

2017년, 백인 페미니스트 지아 톨렌티노Jia Tolentino는 《뉴요커The New Yorker》에서 "사적인 에세이의 시대는 끝났다"고 선언했다. 커져가는 온라인 영향력을 경계하며, 온라인에서 일어나는 '누리꾼을 유도하기 위해 쓰인 글, 광고로

돈을 벌기 위해 자극적으로 글을 장식하는 방식'을 비판한 거였다. 그 선언에 대해, 흑인 페미니스트 트레시 맥밀런 코텀Tressie McMillan Cottom은 말한다.

흑인 여성 작가들은 사적인 에세이를 옹호했다. 그들에게 이 장르는 실제 경험을 토대로 창의적인 이야기를 할 수 있는 유일한 통로였다. 라틴계 여성들도 같은 이야기를 했다. 퀴어 여성, 트랜스 여성 등을 비롯한 다양한 정체성의 여성들이 목소리를 높여 사적인 에세이 장르가 무엇인지, 무엇으로 추정되고 있는지에 대한 논의에 깊이를 보탰다. (…)

사적인 에세이 장르는 공적인 대화의 장에서 흑인 여성들이 정당하게 발언을 할 수 있는 수단이다. 흑인 여성들을 능숙한 솜씨로 배제하는 것 자체가 큰 특징 중의 하나인 바로 그 공적인 대화의 장에서 말이다. 현대사회에서는 권위 있는 목소리로 의견을 밝힐 수 있는 사람이 누구인지를 정하는 것 자체가 정치적 행위다.[1]

그래서 나는 서툰 말과 글을 좋아한다. 서툴게 하나둘 꺼내는 진심을 좋아한다. 글쓰기 수업에서도 잘 쓰는 것 이

전에 어떤 이야기를 쓸 것인지에 관심을 기울인다. 마찬가지로, 말 잘하는 법보다 어떤 말을 할 것인가를 고민한다. 이미 반짝반짝한 이야기를 담고서도 '잘 못 썼다'고 부끄러워하는 모습을 보았고, 말을 할 때도 그건 마찬가지였다.

우리는 익혀왔으니까. 피해의식을 덜고, 눈물을 덜고, 더듬거림을 덜어야 해. 매끄러운 문장과 발성과 호흡으로 이야기해야 해. 하지만 정말 그게 다인가? 그 일을 잘해낼 수 있는 사람은 분명 어떤 면에서든 권력을 가졌을 거다. 교육의 기회, 표현할 기회가 있었던 이들. 그렇게 제한해 버린다면, 당신의 이야기를 들려달라는 말은 반쪽짜리 요구가 될 거라고 나는 생각해왔다. 망설이고, 주저하고, 더듬거리고, 울먹이면 말 속의 진실은 진실이 아니게 되는 건가.

내 안의 숨은 이야기를 함께 찾기 위해, 독백으로 밀려난 이야기를 그대로 두지 않기 위해 이번에는 '말'을 주제로 글을 엮었다. 숨지 않고 나를 표현했던 순간들과 무대에 선 경험을 통해 익힌 말하기의 방향성을 정리했다. 동료 강연 노동자들의 이야기를 통해 '달변가로 보이는' 이들이 가진 각자의 두려움과 용기를 담았다. 강단에 설 자격을 질문했고, 발화자에 따라 주어지는 말의 권력을 파고들었다. 무엇보다 매끄럽지 않아도 괜찮은 말들, 가장 나중의 말들을 환대하는 법을 함께 고민하고 싶었다. 고작 말이, 겨우 말이 어떤 일을 했는지 풀어내고 싶었다. 누군가 입을 뗄 때, 이 세계에 어떤 파동이 생기는지 내 목격과 상상을 이어 붙이며 글을 썼다.

우리는 숨은 말을 찾기 위해 오늘도 책을 읽고, 글을 쓰고, 누군가의 말에 귀 기울이고, 문밖으로 나간다. 그렇게 찾은 말로 지도를 그린다. 엉망진창이어서 어디로든 갈 수 있는 지도가 품에 있는 한 우리는 계속 춤추고 노래하며 미로에서 길을 잃을 수 있다. 무엇도 간편한 진실은 없다는 사실을 기억하면서. 내 안에 숨은 말, 그리고 세계에 숨은 말을 찾기 위해 떠나는 여정에 이 책이 낡고 우습고 든든한 지도가 되길 바란다.

숨기에서 말하기로, 말하기에서 들리기로 향하는 미로의 입구에서.

2022년 여름, 승은

차례

무해한 말은 가능할까

말 잘하는 법이

고민인가요?

숨지 않고
말하기

아침마다 책상 앞에 앉아 메일을 확인한다. 하루 만에 쌓인 각종 스팸 메일 사이에서 정확하게 나를 부르는 메일을 발견한다. '안녕하세요, 홍승은 작가님.' 이런 제목의 메일은 대부분 초대장이다. 강연, 글 수업, 인터뷰 등에 나를 초대하는 내용이다. 메일에는 그날의 주제와 일정, 장소와 보수까지 꼼꼼하게 정리되어 있다. 정성스러운 초대장 앞에서 나는 두 가지 감정을 느낀다. 나를 믿고 불러준 상대에게 고마운 마음과 숨고 싶은 마음. 선뜻 응하고 싶은데, 어쩐지

나는 자꾸 낡은 통돌이 세탁기 뒤로 숨고 싶어진다.

어린 시절을 기억하면 몇 가지 장면이 떠오른다. 그 장면에는 어떤 장소와 물건, 느낌이 녹아 있다. 낡은 마룻바닥에 앉아 주인집 할머니가 마당에서 화초 가꾸는 모습을 지켜보는 나, 바퀴 달린 플라스틱 모형 말을 타고 골목길을 두 발로 운전하는 나, 할머니 집의 거대한 냉장고 앞에서 식혜를 꺼내 먹어도 될지 망설이는 나, 그런 나를 발견하곤 너는 왜 냉장고 문 하나 여는 데도 눈치를 보냐고 묻던 외숙모의 얼굴. 그리고 베란다 구석에 있던 통돌이 세탁기 뒤에 숨은 나.

부모님의 지인이 집에 놀러 오면 나는 재빨리 세탁기 뒤에 숨었다. 세탁기 뒤가 깨끗한 곳이었는지는 기억나지 않지만 안전한 곳이었다는 건 기억할 수 있다. 내 몸은 어두운 그 틈에 쏙 들어가는 크기였고 나는 그곳에서 빨리 사람들이 집으로 돌아가기를 기다리고 있다. 은둔은 오래가지 못했다. "승은아, 너 또 세탁기 뒤에 있지? 얼른 나와서 인사드려야지." 큰 소리로 나를 부르는 엄마의 목소리에 이끌려 쭈뼛쭈뼛 세탁기 뒤에서 걸어 나온다. 앉아 있는 무리 앞에 나는 시험 보는 기분으로 어정쩡하게 서 있다. 어른들은 내 얼굴을 보면서 엄마와 아빠 중 누구를 더 닮았는지, 동생과 비교해서 누가 더 예쁜지 대화한다. 나는 대화의 주체라기보단 화제가 되는 편이었다. 엄마는 나와 동생을 대화 소재로 잘 써먹었는데, 나에 대한 레퍼토리는 이런 것이었다. 승은이는 어릴 때부터 참 순했어요. 기저귀에 똥을 잔뜩 싸도 울지 않고 혼자 놀다가 그대로 잠드는 거예요. 그만큼 착하고 순했어요. 엄마의 말은 주문처럼 마음에 남아서 그 말을 들을 때마다 나는 순해졌다.

나는 내가 조용한 아이라고 믿었다. 사람들 앞에 나서서 내 얼굴, 내 몸과 생각, 목소리를 드러내는 일이 세상에서 가장 어렵고 두려웠다. 사람마다 성격과 성향이 다르듯 타고난 기질의 영향도 있겠지만, 단지 기질의 문제라고 말끔하게 정리하기에는 개운하지 않다. 나는, 어쩌면 우리는 자라는 동안 너 자신을 숨기고 살라는 은근하고 적극적인 압력을 받아왔으니까. 마치 대화의 장에는 끼어 있지만, 배제되었던 그날의 기억처럼 말이다. 학교에 입학하고 가장 많이 들었던 말은 "조용히 해!"였다. 초등학교 5학년 담임선생님은 여자애가 왜 입을 벌리고 웃느냐며 손으로 입을 꼭 가리고 웃으라고 주의를 줬고, 다리는 꼭 오므리고 앉으라고 말했다. 학교에서는 '암탉이 울면 집안 망한다', '여자 목소리가 담장을 넘어서는 안 된다' 같은 속담을 배웠다. 체육시간, 달리는 여자애를 가리키며 가슴이 출렁거린다고 웃던 남자애의 말에 등을 웅크리는 습관이 생겼다. 스무 살에 사귄 애인은 싸울 때마다 "좀 이성적으로 대화할 수 없어? 여자들은 이래서 안되는 거야"라고 말했다. 학생운동을 하거나 사회생활을 할 때도 분명 같은 내용인데 나의 말보다 남자 선배의 말을 신뢰하는 사람들의 눈빛을 보았다. 여자가 시끄럽게 떠든다고 젓가락을 던져 목에 젓가락이 꽂힌 사건을 보았고, 설치는 여자를 벌한다며 범죄를 저지르곤 정의구현이라고 떠드는 남성들의 이야기를 듣는다. 여자의 언어는 수다로 폄하되고, 여자의 글은 글이 아닌 사생활로만 읽힌다.

온 사회가 숨으라고, 너는 너를 믿지 말라고 말한다. 이런 사회에서 어떻게 내 생각을 믿고 내 몸을 믿고 내 말을 믿을 수 있을까. 숨고 싶은 마음이 단지 개인 성향만의 문제가 아니라는 걸 알아차렸을 무렵, 더는 숨지 않겠노라 다짐했다. 안전한 세탁기 뒤에서 한 발자국씩 걸음을 떼어 조금씩 모습을 드러내겠다고. 세탁기 뒤에 몸을 숨기더라도 내 생각을 또박또박 말하겠노라고.

책장 구석에는 빛바랜 연보라색 표지의 책이 꽂혀 있다. 2017년 4월에 나온 내 첫 단행본이다. 표지를 넘기면 서른 살의 내가 고심하며 적은 자기소개가 보인다.

"내 경험을 말했을 뿐인데, 세상이 딸꾹질했다. 어느새 나는 페미니스트가 되었다. 노래하고 글 쓰고 그림 그리는 사람. 여성혐오 사회에서 나고 자라며 몸에 깊이 밴 자기부정을 극복하기 위해 숨지 않고 말하는 법을 연습하는 중이다."

책이 나오고 계절이 스무 번 바뀌었다. 그동안 여러 지역과 공간을 다니며 다양한 사람을 만났다. 경험이 쌓이면서 떨림의 강도는 조금씩 줄어들었지만, 여전히 미세한 진동은 남아 있다. 중력처럼 나를 당기는 자기 의심과 중력을 거스르겠다는 의지. 그 사이에서 조금씩 나를 드러내는 선택을 한다. 존재를 웅크리게 하는 말이 아닌, 끌어안는 말을 위해 마이크를 잡는다. 내가 아는 말 중 무해한 말을 고르고 골라 입을 뗀다.

오늘 아침 발견한 메일 앞에서 습관처럼 망설이다가 고민을 접고 답장을 보냈다.

'저를 믿고 초대해주셔서 감사합니다. 어떤 분들을 만날지 기대돼요. 곧 만나요.'

너는 강물처럼
말하는 아이야

"제가 조금 횡설수설하죠? 제 말이 너무 길었죠? 제가 두서 있게 말을 잘 못해요. 말이 꼬였네요. 제가 말을 조금 더듬어요." 이 모든 문장이 단 두 시간 동안 여러 사람의 입에서 나왔다. 일산의 작은 책방에서 열다섯 명이 둘러앉아 이야기 나누던 밤. 그 자리는 북토크의 탈을 쓴 작은 수다회였다. '너의 작업실' 책방지기 탱은 책방 행사를 열 때면 모두가 발화자가 된다는 사실을 미리 공지하고 안전한 소통의 장을 준비한다. 넓은 책상에 둘러앉은 사람들에게 탱은 조심스럽게 물었다. "안녕하세요. 저는 만만하고 허술한 탱입니다. 우리, 나이나 직업 같은 거 말고 원하는 방식으로 자기소개를 해볼까요?"

처음엔 어색한 표정을 짓던 사람들이 서서히 입을 뗀다. "안녕하세요. 저는……." 각자의 억양과 리듬이 공간을 채운다. 돌아가면서 자기소개할 때, 글쓰기와 일상 속 고민을 나눌 때, 자기 의견을 말할 때마다 사람들은 자신의 말을 점검하고 의심하며 지레 사과하곤 했다. 익숙한 모습이었다. 나도 강연에서 말이 조금이라도 꼬이거나 빨라지면 당황해서 사과하곤 했으니까. "제가 말이 꼬였죠? 너무 두서가 없었죠? 죄송해요." 말을 하다 보면 더듬거나 다른 방향으로 샐 수도 있는데, 주눅 들어 사과하는 습관은 언제부터 생긴 걸까.

초등학교 국어 시간이 떠오른다. 선명한 팔자 주름이 눈에 띄었던 담임선생님은 국어 시간에 지문을 읽을 때마다 학생들에게 '틀리지 않고 읽기' 미션을 주었다. 지문을 쭉 읽다가 한 글자라도 더듬거나 말이 너무 빨라지면 커트하는 방식이었다. "자, 넌 틀렸으니까 옆에 있는 애가 읽어." 그럼 옆에 앉은 친구가 틀린 부분 다음부터 열심히 문장을 읽는다. 한 문장도 제대로 읽지 못하고 틀려버리면 친구들의 웃음거리가 된다. 한 페이지 넘는 지문을 유창하게 읽는 친구에게 선생님은 칭찬을 아끼지 않는다. 놀림받지 않으려고, 칭찬받고 싶어서 나는 밤마다 다음 지면을 미리 읽었다. 내가 처음으로 한 페이지 넘게 틀리지 않고 읽은 날, 선생님은 말했다. "승은이 너는 나중에 커서 아나운서 해도 되겠다. 말을 잘하네." 그때 나는 정말 기뻤지만, 그날을 뺀 대부분의 시간은 출발선에서 신호를 기다리는 달리기 선수처럼 마음 졸였다. 말을 더듬거나, 말이 빠르거나 느린 친구들은 한번도 칭찬받지 못한 채 얼굴을 붉히던 그 시간을 떠올리면 마음이 서늘해진다.

넷플릭스에서 〈브리저튼〉 시리즈를 봤을 때, 나는 로맨스 서사보다 남자 주인공의 어린 시절에 눈길이 갔다. 어린 시절 그는 말을 더듬었고, 그의 아버지는 "너는 쓸모없는 놈이야. 수치스러운 놈이야. 내 아들이 아니야"라며 악담을 퍼붓는다. 소년은 아버지에게 인정받기 위해 이를 악물고 말더듬는 걸 고친다. 그때서야 아버지는 그를 아들로 인정하지만, 아들은 이미 피투성이가 된 상태다. 그 극복 서사를 보

25

면서도 같은 종류의 서늘함을 느꼈다.

책방의 작은 수다회에서 횡설수설해서 죄송하다고 거듭 사과하던 사람 중에는 '마음'이 있었다. 마지막 소감을 나눌 때, 마음이 책 한 권을 추천했다. "들으면 아시겠지만, 제가 말을 조금 더듬는 편이에요. 아, 그래서…… 추천하고 싶은 책이 있어요. 이 책방에도 있는 그림책인데요. 말 더듬는 아이가 나오거든요. 저는 그 책이 정말 좋았어요."

북토크가 끝난 뒤 나는 마음이 소개한 책을 품에 안고 집에 돌아왔다. 그림책의 이름은 《나는 강물처럼 말해요》. 표지에는 평온한 표정의 한 아이가 있다. 아이는 강의 중심에서 물살을 느끼고 있다.

아이의 아침은 돌멩이처럼 고요하고 새처럼 소란하게 시작된다. 말할 수 없어서 고요하고, 내면에서 울리는 낱말 때문에 소란하다. "소나무의 스-가 입안에 뿌리를 내리며 뒤엉켜 버려요. 까마귀의 끄-는 목구멍 안쪽에 딱 달라붙어요. (…) 나는 그저 웅얼거릴 수밖에 없어요."[2] 아이는 학교에 가면 꼭 맨 뒷자리에 앉는다. 아무도 말을 걸지 않길 바라면서. 선생님이 아이에게 질문하면 반 친구들이 아이를 본다. 친구들은 자기처럼 말하지 못하는 아이의 말을 구경한다. 붉어지는 얼굴과 겁먹은 표정을 구경한다. 선생님이 한 사람씩 돌아가며 세상에서 가장 좋아하는 곳에 대해 말하자고 할 때도 아이는 입을 뗄 수 없다. 오로지 집에 가고 싶다고만 생각한다.

학교가 끝나고 슬픈 얼굴이 된 아이를 보며 아빠는 함께 강가로 가자고 한다. 강물 앞에서 아빠는 아이에게 말한다. "강물이 어떻게 흘러가는지 보이지? 너도 저 강물처럼 말한단다."[3] 아이는 강물을 본다. 굽이치고, 물거품을 일으키고, 소용돌이치고, 부딪치는 강물을 본다. 그 뒤로 울고 싶을 때마다, 말하기 두려울 때마다 생각한다. "그 빠른 물살 너머의 잔잔한 강물도 떠올려요. 그곳에서는 물결이 부드럽게 일렁이며 반짝거려요. 내 입도 그렇게 움직여요. 나는 그렇게 말해요. 강물도 더듬거릴 때가 있어요. 내가 그런 것처럼요."[4] 아이는 학교에 가면 가장 좋아하는 곳으로 그 강가를 소개하겠다고 다짐한다.

책을 읽으며, 제대로 말하지 못해서 사과하던 많은 이들의 목소리와 내 목소리를 떠올렸다. 우리는 모두 강물처럼 말하는걸. 때론 바위에 부딪히고 때론 빠르게 물결치며 때론 잔잔하게. 어떤 때는 고여 있는 채로. 말을 잘 못한다는 이유로 사과하려는 마음들에게 나는 책에서 배운 말을 선물하고 싶다. 당신은 강물처럼 말하는 사람이에요. 우리는 강물처럼 말해요.

말 잘하는 법이
고민인가요?

첫 단행본이 나온 뒤로 나는 나를 쓰는 사람으로 소개하기 시작했다. 집필 노동자는 글만 쓰면 되는 줄 알았는데, 현실은 아니었다. 책이 나온 이후 책과 관련된 북토크와 강연 등 행사를 다니면서 여러 사람 앞에서 말하는 시간이 쓰는 시간보다 늘었다.

덕분에 나는 쓰기만큼, 말하기에 관심을 갖게 되었다. 책으로 전달한 내용을 해치지 않으려면 나는 어떤 모습으로 어떻게 말해야 할까? 북토크에 가면 종종 이런 이야기를 듣곤 했다. "작가님이 생각보다 어려서 깜짝 놀랐어요, 40대 이상은 되실 줄 알았는데." "글은 우울한데 작가님은 잘 웃으시네요? 글의 분위기보다 훨씬 편안한 성격이시네요!" 내가 쓴 글보다 편안한 이미지라는 말이 당시에는 마냥 반갑게 들리지 않았다. 내 글이 쌓은 신뢰를 내 나이, 외모, 말투 같은 요소가 깎는 건 아닌지 고민되었다.

'말 잘하는 법'을 검색한 건 그 무렵부터였다. 동영상이나 책을 검색하면 말 잘하는 법이라는 키워드로 수많은 콘텐츠가 쏟아진다. 능수능란하게 구사하는 언어, 조급하지 않고 여유로운 템포, 정확한 발음과 적당한 억양, 비언어적인 손짓과 표정에 대한 팁까지 찾을 수 있다. 말하는 내용보다 어떻게 하면 세련되게(무시당하지 않게) 표현할 수 있을지 형식에 집중된 팁이었다. 나는 거울 앞에서 그 팁을 따라 하며 목소리를 굵게 내고, 어깨를 쫙 편 채 손과 팔을 최대한 크게 움직였고, 내 가벼운 웃음소리를 묵직하게('낄낄'을 '하하'로) 바꿔가며 연습하기도 했다.

그 '세련된 말하기 팁'이 모두에게 유효하지 않으며 때로 누군가를 배제할 수 있다는 사실을 알게 된 건, 다양한 관계 속에서 소통한 경험을 통해서였다.

포항의 한 시민단체에 인권 교육을 다녀온 먼지가 울상
이 된 채 호소한 적이 있다. "나는 내가 말을 잘하는 줄 알았
거든? 근데 아니었어. 나는 아직 배울 게 많아." 학창 시절부
터 토론 동아리에서 발성과 호흡, 논리적 말하기의 기술을
배운 먼지는 각종 토론대회에서 상을 휩쓸었고, 차별적인
언어를 경계하며 섬세하게 전달하는 능력을 가졌다. 말 잘
하는 팁을 가장 잘 가르칠 만한 사람이라고 믿어온 먼지가
자신의 말하기를 반성한 이유는 이러했다. 그날 강연을 들
으러 온 청중의 절반은 지역 장애인자립생활단체에서 활동
하는 장애인이었다. 처음 50분을 평소처럼 유려하게 말하
던 먼지는 조금만 천천히 말해줄 수 있겠냐는 제안을 들었
다. 청각장애인에게 문자로 통역해야 하는데, 먼지의 말이
빨라 소통이 어려운 거였다. 남은 한 시간 동안 먼지는 최선
을 다해 천천히 이야기를 전달했고, 익숙하지 않은 속도에
자주 말이 꼬였다.

우주는 노들장애인야간학교에서 보조교사로 활동한 적

이 있다. 우주의 짝꿍은 40대 후반의 뇌병변장애인 선희 씨였는데, 우주는 영어 시간에 선희 씨의 노트에 선생님의 말을 필기하는 역할을 맡았다. 선희 씨 옆에 앉아 한참 필기하던 우주는 선희 씨가 툭툭 치며 뭔가 잘못됐다는 몸짓을 지어서 깜짝 놀랐다. 우주는 우왕좌왕하다가 손가락을 하나씩 접으며 질문했다. "글씨를 작게 쓸까요? 크게 쓸까요?" 선희 씨는 우주의 두 번째 손가락을 가리키며 글씨를 크게 써달라고 요구했다. 시간이 지나면서 선희 씨와 우주는 서로 소통하는 방법을 익혀갔다. 우주는 손가락을 하나씩 짚으며 선택 사항을 물어보았다. "연필로 쓸까요? 펜으로 쓸까요? 조금 더 연하게 쓸까요? 진하게 쓸까요?" 그때마다 선희 씨는 자기가 원하는 바를 정확하게 표현했다.

나에게도 비슷한 경험이 있다. 지역 도서관에서 강연하던 날, 질문 시간에 한 분이 손을 들었다. "저기, 꼭 하고 싶은 말이 있는데요⋯⋯." 그는 곧 울 것 같은 표정으로 입을 뗐다. 그의 입에서는 바람처럼 희미한 소리가 흘렀다. 작은 목소리와 부정확한 발음, 간절한 표정. 분위기에 압도된 나는 그에게 큰 소리로 또박또박 말하라고 요구할 수 없었다.

그건 어딘가 잘못된 일로 느껴졌다. 그렇게 1분, 3분, 5분이 넘어갈 무렵, 나는 손바닥에 고이는 땀을 느꼈다. 귀를 쫑긋 세워 중간중간 들리는 단어와 입 모양으로 유추한 단어를 노트에 적으며 말을 따라갔다. 마음 한편으로는 다른 사람들이 지루하지 않을까 걱정되었다. 단어를 조합하니, 동료가 성폭력을 당한 뒤에 역고소를 당해서 힘들어하는 상황을 알리고 싶다는 내용이었다. 나는 그에게 소식을 알려줘서 고맙다고 꼭 연대하겠노라 답했고, 그는 끝까지 들어줘서 고맙다고 말했다. 그 자리에 있는 모두가 같은 마음이었는지, 다들 그에게 이야기를 나눠줘서 고맙다고 인사를 건넸다. 최선을 다해 진실을 전달하는 그를 앞에 두고 매끄러운 흐름을 걱정한 내가 부끄러웠다.

여러 관계를 거치며 나에게 말 잘하는 사람은 한 가지 모습이 아니게 되었다. 물론, 더 이상 말 잘하는 법을 검색하지 않는다. 대신 어떤 말을 전달할지에 집중하고, 상황에 맞춰 다양한 방식으로 표현을 변주하는 모습을 상상한다.

얼마 전 한 단체에서 주관하는 온라인 강연을 신청할 때, 신청란에서 이런 항목을 보았다. '문자 통역이 제공될 예정입니다. 더 필요한 게 있다면 알려주세요.' 모임 장소의 휠체어 접근성을 미리 공지하고, 간이 경사로를 설치하기도 한다. 성별 이분법으로 구분된 화장실 앞에서 망설이는 이가 없도록 성중립 화장실 표지판을 만들어 붙이고, 회의 자료에 미리 점자 텍스트를 준비하거나 글자 크기를 15 이상으로 키워 누구나 참여할 수 있는 자리를 만들려는 노력도 있다.

내가 만날 사람들의 다양성을 상상하고 말이 오갈 때 배제되는 이가 없는 자리를 고민한다. 각자만의 문체가 다르듯, 각자만의 말체 역시 다르니까. 무지개처럼 다채로운 언어 속에서 우리는 서로의 말을 존중하는 법을 배울 수 있다.

빨간
매니큐어

나는 자주 친절한 사람으로 불린다. 가까운 이들은 고집 세고 못된 내 모습을 알고 있지만, 밖에서 보이는 나는 친절과 한 몸이 된 것처럼 보인다. 상대와 대화할 때면 몸을 바짝 당겨 앉는다. 눈을 마주 보며 '우와, 어머, 꺄!' 같은 다양한 감탄사를 연발한다. 내 손과 고개는 쉴 틈이 없다. 손은 언제든 물개 박수 칠 준비가 되어 있고, 고개는 이야기가 시작되는 순간부터 이미 끄덕이고 있다. 한번은 좋아하는 강사의 강연을 듣다가 세 시간 넘게 고개를 끄덕인 탓에 두통이 왔다. 너무 아파서 고개를 고정하려고 노력해봤지만, 5분도 안 돼서 실패했다. 당신의 이야기가 궁금해요. 집중해서 경청하고 있어요. 나는 이 사실을 표정과 몸짓, 추임새를 통해 온몸으로 표현한다.

나는 자주 꾸미는 사람으로 불린다. 정확하게는 '치장하는 여성'으로 보인다. 그날의 날씨와 기분에 따라 옷과 화장, 머리 스타일을 바꾼다. 예전에는 다홍 립스틱과 유채색 옷을 즐겼다면, 요즘은 빨간 립스틱에 무채색 옷을 입는다. 왼손 중지에는 불을 상징하는 타투가 있고 마이크를 잡는 오른쪽 손목에는 손바닥 크기의 연꽃 타투가 있다. 빨간 립스틱과 매니큐어, 검은 옷과 타투가 상징하는 이미지가 나는 마음에 든다. 그 이미지를 입을 때면 주문을 건다. 나는 이제 마녀가 되는 거야. 감히 위험한 생각을 했다는 이유로 마녀로 몰린 여성의 역사를 떠올리며, 누군가 위험하고 불결하다고 비난하는 내 모습을 즐긴다.

나는 간결한 메시지에 익숙하지 않다. 대답은 "네"가 아닌 "네네"로 한다. 한 번의 '네'는 조금 냉정하게 느껴진다.

기분이 넘치게 들뜨거나 긴장할 때는 '네'를 연속해서 다섯 번이나 뱉기도 한다. "네네, 네네네~." 메시지나 댓글을 남길 때도 마음을 표현하기 위해 이모티콘을 쓴다. 지금도 얼마든지 이모티콘을 붙일 수 있다. :) 업무 메일을 보낼 때면 간략하게 용건만 전달하려고 노력하지만, 한 줄이라도 안부 인사를 건네야 마음이 편하다.

이런 모습은 사회에서 요구하는 여성성의 상징과 멀지 않다. 어릴 때부터 친절한 미소와 상냥한 말투, 꾸민 외모를 요구받았다. 텔레비전에 나오는 여자 아이돌이 웃지 않거나, 상대의 지나친 요구에 불편한 표정을 지으며 거절할 때 얼마나 큰 비난이 돌아오는지 보며 자랐다. 그 비난이 존재를 틀에 가둬 숨 막히게 만드는 순간을 목격해왔다. 서비스직 여성을 압박하는 '용모 단정'과 '친절한 태도'라는 잣대가 차별적이고 부당한 요구라는 사실을 잘 알면서도, 그래야만 노동 현장에서 살아남을 수 있는 현실도 몸에 익혔다.

오랫동안 혼란스러웠다. 화장 안 하면 예의 없다고 지적받고, 화장하면 외모만 신경 쓰는 여자라고 지적한다. 무표정하면 무섭다고 하고, 웃으면 가벼워 보인다고 한다. 냉

랭하면 싸가지 없다고 하고 친절하면 가식이라고 한다. 나는 어떻게 해야 하는 걸까? 환상 속 여성성의 이미지를 장착하라고 요구하면서도, 그런 여성은 부족하다고 평가하는 이중 잣대 앞에서 갈피를 잡지 못했다.

20대 중반, 협동조합 대표로 조직을 운영하던 시기에 태는 내게 말했다. "누나, 차라리 독한 향수를 써보면 어때요? 누나는 너무 친절하잖아요. 이미지를 바꿀 필요가 있어요." 태는 내가 친절해서 만만하게 보이기 쉬우니 카리스마를 장착하는 게 좋다며 몇 가지 팁을 알려주었다. 사람들에게 믿음을 주려면 말투를 건조하게 바꿔야 해요. 눈 화장을 진하게 하거나 독한 향수를 뿌리면 어때요? 정장 바지나 가죽 블레이저를 입어보면 어때요? 머리는 너무 길지 않게. 아, 물개 박수는 치지 말아요. 나를 위해 하는 말이라던 태의 조언에 나는 먼지처럼 작아졌다. 태의 조언을 종합하면 문제는 나 자신이었다. 그 말은 다시 태어나라는 주문 같았다.
대학원에서 유독 나를 미워하던 교수는 말투가 마음에 안 든다며 대답 교육을 시켰다. "넌 왜 자꾸 '네'를 두 번 반복해? 한 번으로 대답해." '네'라고 간결하게 답하라는 그의 요구에 위축된 나는 나도 모르게 "네네"라고 답해버렸고, 그는 인상을 찌푸리며 말했다. "네, 라고 말하는 게 그렇게 어렵냐? 으유. 이래서 여자애들은."

'당신이 신뢰받지 못하는 이유.' 강렬한 제목에 끌려 유튜브 영상을 클릭했다. 여러 분야의 경력을 자랑하는 한 여성 작가가 이런 말을 하고 있었다. "여성은 우선 머리를 자를 필요가 있어요. 머리가 길면 누구도 말을 들어주지 않아요. 화장도 하지 말고, 그 시간에 자기 계발을 하세요. 당신이 신뢰받지 못했던 이유는 바로 그것입니다."

흘러나오는 말을 듣다가 반발심이 들어 중얼거렸다. 당신을 포함해 우리가 신뢰받지 못한 이유는 신뢰하지 않으려는 이들 때문이지, 나나 당신 때문이 아니잖아요. 사실 이 말은 당신이 그런 '여자'를 신뢰하지 않는다는 고백 아닌가요? 태와 교수가 그런 것처럼 말이에요.

나는 신뢰받지 못했다. 모두에게 친절하게 굴며 간결하지 못한 화법이 몸에 밴, 꾸미는 걸 좋아하는 여자. 그건 사회에서 주입받은 '여자'의 모습이었고, 신뢰와 거리가 멀어지는 일이었다. 물론, 나도 불편한 상황에서는 싸늘한 눈빛으로 무표정을 짓기도 한다. 화장과 렌즈를 생략하고 안경을 낀 채 앞에 서는 날도 있다. 고개는 끄덕이고 싶을 때만 끄덕이며 싫은 건 정확하게 싫다고 표현한다. 특히 타인을 깎아내리며 자기를 과시하거나 자기 주제(위치)를 모르고 함부로 중립이나 평화를 외치는 사람은 참지 못한다. 그런 순간이면 나는 기꺼이 변할 수 있다. 그렇게 표현해도 상대는 자기 관리 못하는 여자가, 감정적으로, 히스테리를 부린다고 받아들이는 게 문제였지만 말이다. 그러니까 사실 모든 말과 태도를 앞서는 건 발화자의 위치라는 사실을 이미 알고 있었다.

알고 있지만, 무대에 오르기 전 거울 앞에 머무르는 시간이 길었다. 화장을 하지 말까, 안경을 쓰면 나을까. 그렇지만 마스크를 쓴 상태로 오래 말하면 안경에 김이 서리고 머리가 아파서 불편한데. 바지보다 치마가 통풍이 더 잘되어서 편안한데, 그래도 바지가 낫겠지? 아무래도 말투를 바꾸는 게 나을까. 나는 무언가 잘못된 걸까. 모순적인 존재인 걸까. 여러 시도를 해봤지만, 내가 어떤 모습이어도 절대 이

틀을 벗어나지 못할 거라는 생각이 들었다. 그 틀을 의심하지 않는다면, 결국 나도 그 안에서 또 다른 위계를 방관하는 사람이 될 거였다. 소위 사회적으로 '여성성'을 수행하는 사람은 모두 신뢰하지 않아도 마땅하다는 말인가? 그럼 '여성성'이라는 건 대체 뭐지? 왜 겉모습이나 태도로 모든 걸 판단하게 되는 거지?

나는 도달할 수 없는 기준에 맞추기보다, 터무니없는 기준을 의심하기로 했다. 친절함은 여성적인 것이 아니라 누구나 가져야 할 타자에 대한 배려이고, 화장을 하거나 하지 않아도 비난받거나 고용에서 차별받지 않을 권리가 필요하다. 빨간 매니큐어를 발랐다고, 머리카락을 탈색했다고, 커트 머리를 했다고, 원피스를 입었다고 그의 존재가 가벼워지는 건 아니다. 내가, 우리가 어떤 모습이라는 이유로 발언권이 평가절하되어선 안 된다. 이것만은 정확한 기준이다.

거미줄처럼 복잡하게 얽힌 잣대 앞에서 헷갈릴 때면 나는 성소수자 인권활동가 조이 레너드의 글을 읽는다. 1992년에 쓰인 이 글은 묻는다. 왜 대통령은 항상 화이트칼라의 백인 중산층 이성애자 비장애인 남성이 되어야 하느냐고. 다양한 정체성과 경험을 가진 이들, 주변화된 존재들이 이끄는 정치를 상상한다. 더불어 나에게 조이 레너드의 문장은 당신은 그 자체로 충분히 존중받을 권리가 있다는 선언으로도 읽힌다. 당신이 어떤 성별 정체성과 성적 지향이어도, 어떤 직업이어도, 어떤 몸이어도, 어떤 차림과 표정과 태도로 앞에 나서더라도 우리에게는 그 말에 귀 기울일 책임이 있다는 묵직한 선언으로 말이다.

나는 레즈비언 대통령을 원한다. 에이즈에 걸린 대통령과 동성애자 부통령을 원한다. 건강보험이 없는 사람, 독성 폐기물이 쌓인 땅에서 자라 백혈병에 걸릴 수밖에 없었던 사람을 원한다. 열여섯 살에 낙태해본 대통령을 원한다. 두 악인 중 덜 나쁜 자가 아닌, 기꺼이 뽑을 수 있는 후보를 원한다. 마지막 연인을 에이즈로 잃은 사람, 자려고 누울 때마다 죽은 연인을 떠올리는 사람, 연인이 죽어가는 걸 알면서 품에서 그를 놓지 못했던 사람이 대통령이 되기를 원한다. 나는 집에 에어컨이 없는 대통령을 원한다. 병원, 차량국, 복지센터에서 줄 서본 적 있는 대통령을, 실업과 해고를 경험한 대통령을, 성폭력, 동성애 혐오 폭력을 겪고 강제 추방 당한 대통령을 원한다. 마당에서 십자가가 불태워지고, 무덤가에서 밤을 지새워본 사람, 강간에서 살아남은 사람, 사랑에 빠지고 상처 입어본 사람, 섹스를 존중하는 사람, 실수하고 실수에서 배워본 사람을 원한다. 나는 흑인 여성 대통령을 원한다. 치아가 엉망이고 태도가 불량한 사람, 끔찍한 병원 밥을 먹어본 사람, 크로스드레서, 마약에 중독되었던 사람과 회복 중인 사람을 원한다. 시민불복종 운동에 헌신했던 대통령을 원한다.

그리고 나는 왜 이런 일이 불가능한지 알고 싶다. 왜 우리는 대통령이 항상 우리와 동떨어진 세계에 사는 광대여야 한다고: 항상 창녀를 사는 사람이며 결코 창녀여선 안 된다고 배우게 되었는지 알고 싶다. 왜 대통령은 항상 사용자이며 결코 노동자여선 안 된다고 배웠는지, 왜 항상 거짓말쟁이고 도둑이면서도 결코 잡히지 않을 거라고 배우게 되었는지 알고 싶다.

— 조이 레너드Zoe Leonard, 〈나는 대통령을 원한다I Want a President〉(1992)[5]

오늘도 나는 빨간 매니큐어를 바른다. 내일은 검정 매니큐어를 바를 수도, 매니큐어를 지울 수도 있다. 내가 어떤 선택을 해도, 어떤 모습이어도 괜찮다고 주문을 외운다. 나를 의심하지 않을 책임은 나에게도 있으니까.

서로의 떨림에
접속하기

몇 해 전, 동네 책방 '이후북스'에서 열린 북토크에 참여
했다. 소수의 인원이 작가와 테이블에 둘러앉아 이야기 나
누는 자리였다. 공지가 뜨자마자 설레는 마음으로 신청 버
튼을 눌렀다. 김은화 작가를 꼭 만나고 싶었다.《나는 엄마
가 먹여 살렸는데》라는 보라색 표지의 책은 엄마의 생애를
끈덕지게 인터뷰하며 기록한 책이다. 엄마의 슬픔과 힘이
느껴지는 책을 읽으며, 엄마를 다양한 각도로 바라보는 딸
의 심정에 공감했다. 엄마를 입체적으로 보는 법을 작가에

게 배우고 싶었다.

노란 전구로 가득 찬 책방에 들어가자 이후북스의 부농, 상냥 사장님이 반겨주었다. 곧 김은화 작가가 들어왔다. 검정 민소매 티셔츠를 입고 미소 짓던 첫인상을 기억한다. 작가는 수줍게 인사를 건네고 수첩을 펼쳤다. 기분 좋은 긴장감이 공간을 채웠다. 미세하게 떨리는 목소리로 작가가 말했다. "책이 나온 뒤에 오늘이 첫 북토크 자리예요."

처음. 그 말에 문득 내 처음들이 떠올랐다. 처음처럼 긴장하며 마이크를 잡았던 모든 순간이.

나에게 첫 강연의 기억은 두 가지 버전으로 남아 있다. 2016년, 페미니즘 칼럼을 연재하던 시기에 한 통의 메일을 받았다. 메일에는 A4 용지 네 장 분량의 편지가 적혀 있었다. 기독교 대학의 차별적인 문화가 갑갑해서 여러 활동을 도모하고 있다는 내용의 마지막은 이랬다. "부디 변방과도 같은 포항에 오셔서 많은 고민을 갖고 생각하며 행동하는 청년들에게 귀한 질문들을 듬뿍 안겨주시길 바라요." 평소였다면 '내가 뭐라고' 생각했을 테지만, 글을 읽는 동안 '조금이라도 도움이 되고 싶다'는 마음이 앞섰다.

며칠 동안 함께 나눌 이야기를 정리하고 달달 외운 뒤에 포항으로 출발했다. 도착한 장소는 예상보다 훨씬 큰 강연장이었고, 학생들을 포함해 지역 활동가 예순 명이 앉아 있었다. 청심환을 먹고 쭈뼛쭈뼛 무대에 올라가 마이크를 잡았다. 초반 10분은 인사도 제대로 못 한 채 기계처럼 준비한 말을 읊었다. 그러다 어느 순간 맥이 풀려 다리가 휘청거렸다. "사실, 제가 이런 자리가 처음이어서요. 너무 떨려서 청심환을 두 개 먹고 왔는데도 떨려요." 긴장이 차올라 정말 기절할 것 같아서 솔직하게 뱉어버린 내 고백에 심각한 표정으로 나를 보던 사람들이 웃음을 터뜨렸다. 이후 한결 편한 마음으로 남은 시간을 채울 수 있었다.

나중에 함께 간 우주에게 들어보니, 내가 마이크를 가슴에 꼭 붙이고 있느라 티셔츠가 올라가서 배가 노출된 상태로 10분을 얘기했다고 했다. 그 모습에 자기도 덩달아 긴장했는데, 내가 떨린다고 솔직하게 말한 뒤로 분위기가 편안해졌다고. 그날 나는 굳이 의연한 모습을 보일 필요가 없으며, 떨림을 그대로 드러내도 약점이 되지 않는다는 사실을 배웠다.

2017년 4월, 첫 책이 나오고 얼마 뒤에 서울의 한 도서관에서 전화가 왔다. 페미니즘 강연을 일주일 앞두고 강연자에게 갑자기 사고가 생겨 급하게 나에게 연락한 것이었다. 신청은 진작 마감됐는데, 내가 강연을 맡기로 결정하면 신청한 분들에게 변경 내용을 문자메시지로 알린다고 했다. 그 강사는 나도 꼭 만나고 싶었던 슈퍼스타 작가였다. 그의 대타로 선다는 사실만으로도 당장 거절하고 싶었다. 그러나 강연료를 듣자마자 나도 모르게 알았다고 답했다. 이렇게 큰돈을 준다고요?

얼떨결에 스타 강사의 대타가 된 나는 일주일 내내 가슴 졸였다. 비교되면 어떡하지? 무턱대고 승낙한 나를 질책하면서 강연을 준비했다. 도서관에 도착하자 열 명 남짓한 사람들이 앉아 있었다. 원래 마흔 명이 진작 꽉 찼는데, 강사가 나로 바뀐 뒤 사람들이 취소하면서 소수의 인원만 남은 거였다. 두 시간 내내 '비교되면 어떡하지, 실망시키면 어떡하지' 같은 생각을 안 하려고 노력했다. 이미 그 생각에 지배되어 있었지만 말이다.

식은땀 흘리며 애써 자신감을 끌어올리던 시간이 지나갔다. 강연이 끝나고 자리를 정리하는데, 앉아 있던 분들이

다가오더니 책을 내밀었다. "작가님 책이 제 페미니즘 입문서였어요. 잘 들었습니다." 잔뜩 긴장한 어깨에 힘이 풀리면서 눈물이 핑 돌았다. 강연이 끝난 밤, 나는 친구들과 기념 파티를 열었다. "한 명이라도 잘 들어줬다면 그걸로 충분해. 나 정말 수고했다!"

내 '처음'의 기억들이 스쳐 가는 동안, 김은화 작가의 이야기가 시작됐다. 작가는 왜 책을 내게 되었는지, 집필 과정에서 겪은 일화 등을 차분하게 들려주었다. 나는 고개를 끄덕이며 작가의 눈을 바라보았다. 가끔 멈칫하며 당황하는 작가에게 그 자리에 있는 모두가 "작가님 충분히 좋아요!" 같은 응원을 전하기도 했다. 2부에서는 각자에게 엄마가 어떤 의미인지 돌아가며 나눴다. 나는 엄마 이야기를 하다가 펑펑 울어버렸다. 모두가 내 눈물이 부끄럽지 않도록 품어주었다. 작가에게 정말 좋은 시간이었다고 꾸벅 감사 인사를 전하고 책방을 나섰다. 밤바람이 상쾌했다. 내 처음처럼, 작가에게도 그날이 긴장과 설렘, 할 수 있다는 믿음으로 남길 바랐다.

북토크가 끝나고 얼마 뒤, 내 두 번째 단행본이 나오기 전에 사전 서평단을 모집하는 이벤트를 열었다. 서평단에 지원한 분들이 남겨준 말을 쭉 읽다가 익숙한 이름을 발견했다. 김은화 작가였다.

'제가 처음 북토크를 했을 때, 승은 님은 따뜻한 눈으로 저를 바라봐주었어요. 이번에는 제가 승은 님의 떨림을 응원하고 싶어요.'

내가 계속 말할 수 있었던 건 내 약하고 소심한 마음을 알아주는 마음들 덕분이었다. 서로의 품에서 숨지 않고 말할 힘을 무럭무럭 기르던 '우리'를 떠올리며 나는 바란다. 당신의 처음과 떨림에 기꺼이 접속하고 싶다고.

요즘 애들이
말을 잘 못한다고요?

"요즘 애들은 질문을 잘 안 해. 왜들 그렇게 소극적인지 원⋯⋯."

내가 다니던 대학의 한 교수는 유독 '요즘 애들'로 시작하는 말을 자주 뱉었다. "너네는 자기 주관도 없고 생각들이 없어. 우리 때는 안 그랬는데. 목숨 걸고 시위도 하고 말이야." 우리는 그를 돌 교수로 불렀다. 돌 교수는 수업 시간에 질문하는 학생이 있으면 눈을 흘기며 책이나 읽으라고 핀잔

했다. 그의 말에 조금이라도 의문을 제기하면 네가 뭘 안다고 떠드느냐며 면박을 주었다. 자신의 학생운동 경력을 자랑스럽게 늘어놓던 돌 교수가 4대강 사업에 찬성한다고 당당하게 말했을 때, 나는 반대한다고 말했다가 단칼에 입이 막혔다. "네가 뭘 안다고 그래?" 돌 교수는 요즘 애들이 주관 없다고 툴툴댔지만, 그들이 주관 없는 것처럼 보이도록 만드는 데 그가 주도적인 역할을 하고 있다는 사실을 전혀 모르는 것 같았다.

처음 대학원 면접을 보던 날, 돌 교수는 내 이력서를 보고 다짜고짜 물었다. "고등학교 자퇴했네? 사고 쳐서 그만뒀지?" 나는 질문인지 비난인지 헷갈리는 말 앞에서 얼어버렸고, 대답하라는 눈짓을 보고서야 이게 질문이라는 걸 알았다. 나는 죄지은 사람처럼 기어들어가는 목소리로 답했다. "아니요. 사고 친 건 아니고, 학교 밖에서 공부하고 싶은 것들이 있었어요." 그날의 면접은 내 삶을 해명하는 자리였다. 돌이켜 생각해보면, 내가 그 자리에서 울지 않고, 잘못 살아서 죄송하다고 말하지 않은 게 대단하게 느껴진다. 몇 년 후, 나는 근거 없이 비난을 쏟아내는 이름 모르는 중년의 남성에게 무대에서 고개 숙여 사과해버리고 말았으니까.

춘천에서 협동조합을 만들어 '인문학 카페 36.5°'를 운영하던 20대 초반, 지역에서 투자 발표회가 있다는 소식을 들었다. 사회적 기업을 운영하는 단체의 대표들이 사업을 소개하면, 1등을 뽑아서 소정의 상금을 주는 자리였다. 나는 한 달 내내 피피티를 만들고 대본을 쓰며, 인문학 카페가 지역사회에 필요한 이유를 꼼꼼하게 정리했다. 준비한 만큼 발표는 무사히 마쳤다. 질의응답 시간, 중년 남성의 모습을 한 이가 손을 들었다. "그래서 어쩌라는 거죠? 그 사업이 왜 필요하다는 거죠? 청년들에게 인문학이니 뭐니 하는 것들이 무슨 의미가 있죠? 정량적으로 이야기를 해야죠." 지금이라면, 이미 앞에서 소개한 내용이라고 말하며 여유롭게 설명할 것 같은데. 스물네 살의 나에게는 무대 위 모두가 지켜보는 와중에 날 선 목소리가 날아오는 그 순간이 공포로 다가왔다. 머리가 새하얗게 번진다는 말을 그때 실감했다. 몇 분의 정적이 흐른 뒤, 겨우 입을 뗐다.

"죄송합니다."

지금도 나는 내가 뭘 잘못했는지, 왜 그에게 죄송하다고 말했는지 이해할 수 없다.

놀랄 때 반사적으로 "엄마야!"라고 외치는 것처럼, 나에게 입에 붙은 말 중에는 "죄송합니다"가 있다. 부모님이 무서운 표정을 지을 때, 학교에서 선생님에게 불려갈 때, 편의점과 호프집, 식당 등 각종 아르바이트를 할 때, 학교 비정규직 행정 직원으로 일할 때에도 나는 항상 죄송하다는 말을 달고 살았다. 아마 많은 '요즘 애들'이 비슷한 위치에서 죄송하다고 말하는 일에 익숙해져왔을 거다. 자기 생각을 조목조목 표현하고, 표현하기 위해 논리를 다듬을 기회보다는 고개 숙이고 말을 삼키는 일에 더 익숙해졌을 거다.

안 본 지 10년도 더 지난 돌 교수의 얼굴이 떠오를 때가 있다. 쭈뼛대지 말고 당당하게 자기 이야기를 하라고 독촉하는 '어른'의 설교를 들을 때, 선거철마다 20~30대가 생각이 없어서 문제라며 비난하는 목소리를 들을 때. 그런 순간마다 나는 돌 교수의 얼굴을 한 모두에게 묻고 싶다. 당신이 말하는 '요즘 애들'에게 자기 의견이 온당한 발언으로 받아들여진 경험이 얼마나 있었나요? 당신은 '애들'을 자신과 동등하게 대하나요? 다른 말을 하면, 권위를 위협하는 거라고 믿진 않나요?

하재영 작가의《친애하는 나의 집에게》에 비슷한 문제의식이 나온다. 작가는 집을 공사할 때 현장 인부에게 요구사항을 정확하게 전달하기 어려워한다. 작가의 아빠는 왜 당당하게 말하지 못하느냐며 딸을 답답해한다. 그런 아빠를 보면서 작가는 생각한다.

아빠는 내가 사람들을 '당당하게' 대하지 못한다고 답답해했다. 내가 생각하기에 당당한 사람과 그렇지 못한 사람의 차이는 성향보다 지위의 문제였다. 사업에 실패하기 전까지 아빠는 다른 사람들에게 지시하고 명령하며 살았다. 나는 한 번도 그런 위치에 있었던 적이 없었다. 아르바이트생이거나 계약직이었던 20대에도, 대필 작가나 외주 교정자였던 30대에도 갑보다는 을의 위치에, 때로는 병의 위치에 놓여 있었다. 나는 '당당하게' 지시하고 요구하는 방법을 알지 못했다.6

만약 내가 여러 얼굴을 한 '그'와 동등한 위치에서 대화할 기회가 있었다면, 내 질문과 의견이 받아들여지는 경험을 할 수 있었다면 어땠을까? 말을 꺼낼까 말까 망설이거나 내 생각이 너무 멍청하게 여겨지면 어떡하지 걱정하는 시간이 줄어들었을까?

그러니까 철 지난 '요즘 애들' 타령은 그만하고, 그들을 마주하는 자신이 주로 어떤 자세를 취하는지, 누군가를 답답하게 만드는 말 못하는 '요즘 애들'은 어떤 경험을 통과하며 만들어졌는지 돌아봐야 한다. 자신이 상대에게 어떤 말을 자주 듣는지도. 그들이 정말 가슴속 말을 꺼낸다면, 당신은 놀라서 그대로 주저앉아 버릴지도 모른다.

가르치는 위치
뒤틀기

　　김이 모락모락 올라오는 메밀차를 앞에 두고 교장 선생님과 나란히 마주 앉았다. 서울의 한 중학교에서 페미니즘 강연을 한 뒤에 교장 선생님이 잠시 이야기를 나누자고 제안해서 마련된 자리였다. "학생들과 어떤 이야기를 나눴어요?" 나는 학생들이 학교에서 경험한 성차별을 공유했다고 대답했다. 내 대답을 듣자마자 교장 선생님은 손에 든 찻잔을 내려놓고 단호한 목소리로 말했다.

　　"우리 학교에는 성차별 없어요. 요즘이 어떤 시댄데."

하지만 포스트잇에 담긴 학생들의 질문 내용은 그렇지 않았다. '숏컷을 하거나 체육복 바지를 입으면 여성성이 떨어진다고 학교에서 혼냅니다. 어떻게 생각하시나요?'

아침부터 서울에는 눈이 많이 내렸다. 쌓인 눈에 발이 푹푹 빠져서 신고 간 운동화가 흠뻑 젖었다. 교탁에 서서 주위를 둘러보니 내 앞에 앉은 학생들은 교복 치마에 검정 스타킹을 신고 있었다. 발이 꽁꽁 얼어도 무조건 교복 치마를 입어야 했던 청소년기의 기억이 떠올랐다. 내가 중학교에 다닐 때도 체육 시간 외에 체육복 바지를 입는 건 금지였다. 선도부와 선생님을 피해 교문을 나서자마자 재빨리 가방에서 체육복 바지를 꺼내 입었었다. 왜 한겨울에도 치마를 입어야 하지. 왜 한여름에도 브래지어(비치지 않는 색만 허용)와 민소매를 껴입어야 할까. 15년 전 학교에 다닐 때와 다르지 않은 교실 풍경에 나는 울적한 기분을 느꼈다. 당장 눈앞에 있는 학생들의 머리, 교복 규정부터 차별일 수 있다는 걸 교장 선생님은 몰랐다.

강연이 이어진 90분 중 학생들이 가장 눈을 반짝였던

순간은 스크린에 '섹슈얼리티'라는 글자가 떴을 때이다. 기다렸다는 듯 집중하는 모습이 눈에 띄었고, 나는 10대 여성에게 요구되는 성적 규범을 지적했다. 사회는 청소년이 '아무것도 모르는 순수한 아이'이길 강요하고, 보호라는 틀로만 권리를 축소한다. 그 틀에서 조금이라도 벗어난 청소년은 보호의 대상에서도 밀려나며 오히려 낙인찍는 문화가 있다. 열여섯 살에 첫 키스 한 다음 날 친구한테 말했다가 "더럽다"는 말을 들은 경험부터, 옆 학교 남학생들 사이에서는 키스 한번 못 해보면 바보 취급하는 분위기가 있었던 사실도 들려주었다. 청소년의 성적 권리가 성별 이분법에 따라 어떻게 축소되고 억압받는지, 청소년에게 성적 권리가 어떻게 실현 가능한지 오랜 시간 이야기 나눴다. 학생들에게 성교육을 받았느냐고 물어보자 배우긴 했는데 시원찮았다는 대답이 돌아왔다. 여전히 정자와 난자의 결합 같은 이성애 중심적이고, 막연한 성교육만을 받는다고 했다.

질의응답 시간에 눈에 띄었던 질문이 있다. "학교에서 교사들이 동성애 반대를 강요하는데, 그것에 대응하는 방법." "특정 종교가 동성애를 탄압하는 것에 대해 어떻게 생각하시나요?" 질문을 보자마자 교실에서 동성애 혐오 발언을 하는 교사가 있다는 사실에 경악했는데, 이미 그의 언행이 잘못됐다는 걸 학생들이 알고 있다는 사실에 안도감도 느꼈다.

나는 보수 기독교 대학에서 페미니즘 강연을 열었다는 이유로 학생들이 징계받았던 사건과 신학대학에서 수업 시간에 성소수자와 연대하는 무지개 옷을 입었다는 이유로 학생들이 징계받은 사건을 공유했다. 탄압이 심각한 공간에서도 잘못을 잘못이라고 말하는 사람들이 존재한다는 사실을 알려주었다. 그리고 당장 교사의 신념을 바꾸지 못하더라도 그 말에 다른 친구들이 동요하지 않게 함께 잘못된 점을 나누는 문화를 만들면 어떻겠냐고 제안했다. 교육과 혐오는 구분해야 하고 학생이라고 해서 선생님의 말을 무조건 받아들여야 하는 건 아니니까, 섬세한 감수성과 수다와 뒷담화를 적극적으로 활용하자고 말했다. 글을 쓰는 것도 추천했다. 우리가 가진 무기는 우리가 경험한 무지개같이 다채로운 몸의 이야기와 그로부터 뻗는 질문들이니까.

그 밖에도 학생들이 평소에 품고 있던 질문이 이어졌다. "SNS에서 여혐하는 남자들에게 대응하는 방법이 궁금합니다." "교육 활동을 하시면서 학생들의 인식이 과거에 비해 바뀌고 있다고 느끼셨나요? 남학생들의 인식이 과거에 비해 바뀌고 있는 게 보이나요?" "젠더는 고정된 건가요? 젠더퀴어가 궁금합니다."

강연이 끝나고 한 학생이 슬며시 내게 다가왔다. "여쭤볼 게 있는데요, 미디어에서 보면 남자들은 예쁜 여자만 좋아하잖아요. 여자는 예쁘기만 한 존재가 아닌데. 그런 인식을 깨려면 어떻게 해야 할까요?"

학생들은 내가 가르쳐야 하는 대상이 아니라 함께 질문을 던지고 길을 찾아가는 동료였다. 그 눈빛과 질문이 내내 머리에 남아서 집에 돌아와 '닷페이스'를 검색했다. 닷페이스는 다른 세상을 꿈꾸며 새로운 상식을 만드는 미디어로, 내가 즐겨 찾는 매체이다. 그곳에 올라온 페미니스트 교사, 최현희 선생님의 영상을 반복해 보았다.

기본적인 공정심과 정의감, 민감성이 뛰어나고 유연하기 때문에 교사가 하는 말이 맞으면 아이들은 쉽게 수긍하고 정말 연결되어 있어요. 자신의 삶과 앎이. 내가 아는 것이 삶으로 그대로 가요. 어른들이 '아이들에게 무슨 페미니즘이야'라고 하면 솔직히 좀…… '어…… 너보다 나은데'라는 생각이 안 들 수가 없고. 어른들이 배워야 해요. (…) 페미니즘이 바로 인권의 문제잖아요.7

우리 학교에는 성차별이 없다고 말하던 교장 선생님에게 나는 말하고 싶었다. 누군가는 매일 걸려 넘어지는데, 누군가는 걸림돌이 없다고 쉽게 판단하는 위치에 서 있다는 사실이 차별의 증거라고. 그 강연을 먼저 들어야 할 사람은 선생님이었다고. 청소년에게 배워야 할 사람 역시 선생님이었다고.

청소년들을 만날 때마다 '가르친다'는 말의 의미를 곱씹게 된다. '가르친다'는 말은 새롭게 정의되어야 한다. 나이와 권력에 따라 당연히 주어지는 역할로 착각하지 않으려면, 언어에 담긴 위계를 직시하고 그 의미를 비틀어야 한다. 어른/아이의 이분법으로 누군가를 훈육하려는 오만, 평화를 가장한 무지를 경계하기 위해서라도.

그의 눈을 보고 말했다

푹 눌러쓴 모자, 마스크, 뿔테 안경. 얼굴을 거의 가리고 온 남성이 북토크 내내 앉지도 않고 주위를 서성거렸다. 세 시간 동안 서 있느라 다리가 아팠는지 잠시 무릎을 굽혀 다리를 주무르면서도 나를 뚫어지게 쳐다봤다. 강연 끝에 그가 입을 열었다.

"여성이 왜 피해자이지요? 이제 참정권도 있고, 취업도 할 수 있잖아요. 페미니즘이 아니라 이퀄리즘이 필요한 거 아닌가요?"

예상은 빗나가지 않았다. 서른 명의 참여자들이 자신이 일상적으로 겪은 불편함을 울먹이며 이야기하던 중이었기에 그가 던진 말은 모든 이를 뜨악하게 만들었다.

한 중학교 국어 선생님은 교무실에서 여선생님을 향한 일상적인 성차별 발언과 성희롱 섞인 농담 문화, 남학생이 선생님의 치마 속을 촬영한 일, 교실에서 남학생들이 주로 하는 말이 엄마 욕이라는 현실을 털어놓으며 이런 학교에서 자신이 어떤 역할을 해야 할지 고민된다고 울먹였다. 회식 때마다 여성인 자신을 챙겨주는 척 먼저 가라고 배제하는 분위기가 불편하다는 직장인, 오빠에게 공부시키느라 자신은 방임했던 가족 내 차별을 털어놓으며 글썽이는 여성도 있었다. 공대에 다니는데 건물에 여자 화장실이 없다는 대학생, 운동부에 여학생을 뽑아야 엠티에 가서 밥할 사람이 있지 않겠느냐는 말에 분노한 청년, 대중교통을 탈 때마다 남성들의 시선이 불편한데 어떻게 반응해야 할지 모르겠다는 청년, 가사노동과 돌봄노동의 독박 문화 때문에 결혼과 육아가 고민된다는 여성도 있었다.

내밀한 이야기가 흘러나올 때마다 울컥하는 마음을 추스르느라 바빴는데, 분명 같은 자리에 있었던 그에게는 그 말들이 모두 음 소거 된 것 같았다.

"저는 페미니즘을 모르는데요, 페미니즘이 왜 필요하죠?"

"남녀 갈등을 조장하는 게 불편하네요."

"작가님은 많이 치우쳐 있어요. 저는 중도거든요? 편향된 걸 가르치는 게 잘못이라고 생각하진 않으세요?"

"성폭력을 당했으면 바로 신고해야죠. 그걸 늦게 신고하는 건 의심스러운 거잖아요. 무고죄로 고통받는 남자가 더 많아요."

"회식이 얼마나 괴로운 일인데요. 저도 여자들처럼 회식에서 자유로우면 좋겠네요."

비슷한 말을 들을 때마다 매번 나는 절망감을 느끼면서도 최대한 이해를 돕기 위해 답변하곤 했다. "그러니까 말이죠, 그게 왜 그러냐면 말이죠." 말하면서도 상대가 내 대답을 듣고 있다는 믿음을 갖기 어려웠다. 우리는 분명 같은 공간에서 같은 이야기를 들었는데, 이렇게나 다르게 반응할 수 있으니까.

요즘 북토크에 갈 때마다 나는 서두에 말하기, 듣기, 쓰기의 중요성을 꼭 언급한다. 특히 강조하는 건 '듣기'. 타인의 세계를 상상하는 일은 잘 듣는 일부터 시작되니까 오늘은 다른 이의 세계를 듣는 시간이면 좋겠다고 말한다. 정보만 입력하는 게 아니라 그 세계를 공감하며 상상하는 일에는 분명 많은 에너지와 집중이 필요하다. 들으려고 노력하지 않는 사람에게는 아무리 방법을 바꿔 말해도 통하지 않는다. 유리천장 지수나 가사노동, 성폭력에 대한 통계를 보여줘도 성차별을 부정하고 여성우월주의, 이퀄리즘을 말하는 사람에게 어떤 말을 할 수 있을까.

처음 이런 온도 차를 접할 때는 울컥할 때가 많았는데, 지금은 익숙해진 건지 조금 덤덤해졌다. 이번 강연에서는 차근차근 말하려고 노력했지만, '이퀄리즘'에서 조금 맥이 풀렸다. 모자와 마스크 사이로 빼꼼 보이는 그의 눈을 보며 나는 말했다.

"우선, 방금 말씀하신 게 소통인지 모르겠어서 대답을 해야 하는지 고민이 돼요. 제가 부탁하고 싶은 건 먼저 이자리에 있는 분들의 이야기를 들어주시면 좋겠다는 거예요." 이퀄리즘과 페미니즘을 구분하기 전에 이곳에 온 사람들의 이야기에 귀 기울여달라고, 다른 목소리에 귀 닫은 채 언제 이퀄리즘을 말해야 하나 기다리다가 기회를 잡아 말하는 태도에는 배움(내가 모르는 다른 이의 세계)이 들어갈 여지가 없다고 전했다.

질문이 아닌 공격에도 상냥해야 하는 걸까. 강연 노동자인 내 책임은 어디까지일까. 팔짱 끼고 해명을 요구하는 사람에게 내 언어는 어떻게 스며들 수 있을까? 강연을 마치고 자리를 정리하며 복잡한 생각에 잠겨 있는데, 묵묵히 강연을 듣던 한 여성이 사인을 받으며 내게 말했다.

"저 요즘 너무 억울하고 속상한 일이 많았는데, 아까 보면서 무엇을 정확하게 요구하면 좋을지 배웠어요. 갈등을 두려워하지 않아야 한다는 것도요. 고마워요."

당신이
입을 떼는 순간

"이곳에서는 내가 불리고 싶은 이름으로 불리는 거예요. 닉네임과 키워드 두 가지로 자기소개하는 시간을 가질 거예요. 키워드는 사소한 거여도 상관없어요. 좋아하는 과일이나 음식이어도 좋고, 요즘 자주 생각하거나 고민하는 것, 좋아하거나 싫어하는 것, 무엇이든 괜찮아요."

글쓰기 수업 첫 시간이면 나는 제일 먼저 닉네임과 키워드 두 개로 소개하자고 제안한다. 익숙하지 않은 방식에 사람들이 망설이는 사이, 내가 먼저 입을 뗀다. 나는 서사가 알알이 박힌 '옥수수'로 불릴 때도 있고, 어떤 날에는 고요한 시간에 글을 쓰는 '새벽'으로 불리기도 한다. 기분에 따라 사과(사과 알레르기가 있어서 못 먹어도 사과를 좋아한다)가 되기도, 침대가 되기도, 촛불이 되기도 한다. 그때부터 나는 작가님이나 선생님이 아닌, 그것으로 불린다. 그것이 된다.

키워드 두 개는 그때그때 내가 관심 갖는 주제를 말한다. 지난여름 내내 내 키워드에는 욕망과 허기, 섹스가 빠지지 않았다. 그 당시 나를 만난 사람들은 처음 보는 내 입에서 이 단어들이 나오는 걸 목격했다. 오랜 연인이 있지만 나는 왜 자꾸 허기를 느끼고 몸이 없는 존재가 되는 것처럼 느끼는지, 이 허기가 단지 내 문제인지, 여성에게 욕망받는 존재가 된다는 건 무엇을 의미하는 건지 혼란스럽다고. 그렇지만 계속 무언가를 욕망하고 탐구하고 싶은 복잡한 상태를 표현했다.

어느 지역의 전국교직원노동조합 여성위원회에 글 수업을 나갔을 때도 그랬다. 20대부터 50대까지 다양한 연령의 여성 교사 열세 명과 다섯 시간 동안 자기 서사를 풀어내는 시간을 가졌다. 만난 지 20분도 안 되어 내가 섹스라는 단어를 입 밖에 뱉자 몇몇의 동공이 흔들리는 모습을 보았다. 마스크를 쓰고 있었던 때였기 때문에 어떤 표정을 지었는지는 알 수 없었다. 돌아가며 자기소개를 하고, 강연하고, 함께 글을 쓰고, 합평하는 시간이 순서대로 이어졌다. 발표하고 싶은 분 있으세요? 내 질문에 한 분이 망설이지 않고 오른팔을 번쩍 들었다. 귀가 보이도록 친 짧은 머리에 강렬한 눈빛을 가진, 편안한 면 스웨터를 입은 바다였다. 바다는 또박또박 글을 읽기 시작했다.

　　마지막으로 사귄 애인과 안 좋은 이별을 한 뒤로 다시는 남자를 사랑하고 싶지 않았던 바다는 열심히 페미니즘 활동을 하며 제발 여성을 사랑하게 해달라고 간절하게 기도했다. 차근차근 그 시간을 표현한 글의 말미에 바다는 이렇게 쓰고 읽었다. "근데 난 남자랑 섹스하고 싶다. 그가 내 보지를 빨아주면 좋겠다. 그놈의 페니스가 뭐라고, 그게 너무 그립다. 짜증난다." 그 순간 공간에는 알 수 없는 공기가 흘렀고, 발표가 끝나자마자 모두가 박수와 환호를 보냈다. 나도 모르게 합평하면서 처음으로 "아, 존나 시원해요!"라고 표현해버렸다. (사실 중간에 욕도 섞었는데, 차마 쓰지 못하겠다.)

돌아가면서 수업 후기를 나눌 때, 한 선생님이 말했다. "교사 연수라고 하면, 항상 정해진 가면을 쓰거나 벽을 치고 흔한 이야기를 나누게 되잖아요. 그런데 오늘은 선생님이라는 명찰 떼고 서로를 만난 것 같았어요. 우리가 훨씬 가깝게 느껴져서 앞으로 나눌 이야기가 기대돼요."

나는 수업에서 자주 비슷한 경험을 한다. 도서관 사서들과 온라인 줌으로 글 수업을 진행한 날에도 당시 내 주된 관심사였던 섹스와 욕망에 관한 이야기를 했다. 그날은 수업이 끝난 뒤에도 30분 넘게 각자의 망한 섹스, 망한 연애, 데이팅 앱에서 만난 구린 사람 이야기를 나눴다. 화면을 통해 처음 만났지만, 우리의 경험은 다르면서도 비슷해서 꼭 오랜 친구 모임 같았다. 화면 속 얼굴을 보며, 깔깔대며, 함께 웃고 분노하며 마음을 활짝 열었다.

다른 지역의 교사들과 수업할 때도 그랬다. 그때 나는 키워드로 '반려약'을 소개했다. "내 아침저녁을 돌보는 불안장애, 우울증 약이 요즘 나를 지탱하는 키워드입니다." 쉬는 시간, 한 선생님이 망설이다가 입을 뗐다. "사실 저도 코로나 이후로 특히 무기력과 우울감에 시달렸거든요. 그런데 차마 병원에 못 가겠는 거예요. 어디 알려지면 안 될 것 같고, 숨겨야 하는 일인 것만 같아서요. 근데 오늘 이야기를 듣고 저도 병원에 가야겠다는 생각이 들었어요." 그러자 곁에 있던 사람들이 돌아가며 자기 이야기를 시작했다. "사실 저도 불면증에 시달리는데, 차마 가지 못하고 있었어요." "저는 정신과에 한 번 갔었는데, 주위에서 약 먹지 말고 운동하라고 해서 중간에 그만뒀거든요." "교사가 정신과에 간다는 걸 금기로 여겼던 것 같아요. 저조차 그렇게 생각했어요. 교사도 같은 사람인데, 왜 그렇게 생각했는지 돌아보게 돼요. 솔직하게 서로의 아픔을 표현할 수 있어서 시원해요." 그날은 몸이 아플 때 병원에 가는 것처럼, 마음이 아플 때 병원에 가길 두려워하지 말자는 약속으로 수업을 마무리했다.

얼마 전, 인천의 한 단체에 갔을 때도 나는 섹스 타령을 했다. 이렇게 적고 보니 근 세 달 동안 나는 섹스 타령을 하고 다녔다. 잠깐 쉬는 시간에 옥상에 흡연을 하러 갔는데, 나를 섭외한 마당이 말했다. "저희가 꽤 오래된 단체거든요. 정말 오래 만난 사이예요. 노동운동으로 만난 사람들이니까 분명 공유하는 가치관이 있는데, 정작 우리 이야기는 해본 적이 없는 거예요. 사적이라고 여겨진 말들이요. 이제 그 말을 시작하고 싶어서 작가님에게 글 수업을 듣고 싶었어요."

그리고 그 시간 이후, 말들이 시작되었다. 교사이자 활동가이자 엄마 역할을 하면서 시시때때로 부딪치던 복잡한 고민, '대의'를 추구하는 단체에서 지나칠 수 없는 불편함을 느끼는 순간. 결혼했지만 다른 욕망을 느끼는 자기를 부정하고 고민했던 시간. 그런 것들을 나눴다.

대화가 이어지다 보니 수업 말미에 나는 반려 기구를 추천하고 있었고, 내가 아는 안전한 섹스토이숍을 알려주자 모두가 열심히 가게 이름을 받아 적었다. 여섯 시간이 지난 뒤, 소감을 나누는 자리에서 스스로 낯가림이 많다고 표현한 하남이 말했다. "저 이런 자리 엄청 부담스러워하거든요. 오늘 참여하는 것도 고민했어요. 제 이야기를 표현해야 한다는 게 부담스러워서요. 그런데, 옥수수(그날 나는 옥수수로 불렸다)가 솔직하게 자기 얘기를 하는데, 무장해제된 느낌이라고 할까요? 그런 걸 느낀 뒤에 더 편안하게 얘기할 수 있었어요." 그 말에 모두가 고개를 끄덕였다. 무장해제되었어요! 나는 머쓱하게 웃으면서 나 역시 이곳이 안전하게 느껴져서 솔직한 마음을 표현할 수 있었다고 고백했다.

　내가 일부러 자극적인 단어를 쓰는 건 아니다. 그저 나에게 화두인 이슈를 포장하지 않고 표현하는 거다. 나누고 싶어서, 나눠야 살 것 같아서. 그저 내 소매 끝에 매달린 먼지를 떼듯, 그것을 입 밖으로 꺼낼 뿐이다. 그럼 다른 누군가 입을 뗀다. 그 사람의 목소리가 또 다른 이야기를 부른다. 그렇게 우리는 우리가 꺼내지 않은 말 속에 숨어 있던 뱉고 싶은 말을 배운다. 꼭 직면해야 할 이야기가 있다는 사실을 배운다. 누군가 꺼낸 말들 사이에서 내가 꺼내지 않은 말들을 돌아본다. 그렇게 함께 해방하는 감각을 배운다.

　말만으로 모든 것에서 자유롭긴 어렵지만, 꺼내지 않고 시작되는 자유는 없으니까. 내 해방이 당신과 어떻게 연결되어 있는지, 당신의 해방이 내 해방과 어떻게 연결되어 있는지를 배운다.

　당신이 입을 떼는 그 순간에.

말하기의
편집자

　나에게는 크게 두 부류의 편집자가 있다. 글 편집자와 말 편집자. 내가 쓴 글을 나보다 더 꼼꼼하게 읽는 글 편집자는 집필 노동자인 나에겐 뗄 수 없는 존재다. 이 글을 제일 먼저 읽을 사람도 초록 편집자(이하 초록)이다. 초록은 내 글의 처음과 끝을 함께하는 독자이자 공저자다. 초록은 내가 한글 파일로 원고를 보낼 때마다 화면 오른쪽에 노란 메모를 붙여 피드백한다. 노란 메모에는 다양한 이야기가 담겨 있다. 문장에 밑줄을 긋고 "선생님, 이거 오늘의 문장이에요!"라고 시작하는 메모에는 이 문장의 어떤 점이 좋은지 섬세하게 기록되어 있다. 그럴 때면 나는 지나치듯 쓴 문장을 가만히 들여다보며 한껏 들뜬다. '어머, 이게 내가 쓴 표현이라고?' 원고 앞에만 서면 주눅 드는 나에게 자신감을 불어넣어주는 초록은 내게 쓸 힘을 주는 비타민B 같은 존재다.

게다가 내가 놓친 맥락과 실수한 표현, 보충이 필요한 내용, 조금 더 무해한 단어 등을 고민하고 섬세하게 제안하는 메모를 읽을 때면 안도의 한숨이 나온다. 친절한 가이드에 따라 문장을 매만지면 글이 한결 단정하고 다정해진다. 나보다 내 글을 오래 보고, 오래 생각하는 사람. 그런 초록에게 나는 매번 같은 말을 할 수밖에 없다. "초록이 있어서 제가 덜 실수할 수 있어요. 계속 쓸 수 있어요. 정말 감사해요."

그리고 나에게는 두 명의 말하기 편집자가 있다. 몇 년간 강연에 다니면서 내가 혼자 간 적은 채 다섯 번이 되지 않는다. 그만큼 나는 항상 두 명의 편집자와 함께 다녔다. 공황장애 때문에 대중교통 이용이 어려워서 이동에 제한이 있던 나에게 반려인 우주와 지민은 운전기사가 되어주었다.

강연 일정이 잡힐 때면, 식구 카톡방에 먼저 일정을 공유한다. 직장인인 우주는 주로 주말 강연에, 프리랜서인 지민은 평일 강연에 동행한다. 그렇게 몇 해를 함께 다니면서 여러 웃긴 에피소드도 쌓였는데, 한번은 강연 주최 측 선생님이 함께 간 지민에게 "홍승은 작가님 매니저이시죠? 저쪽으로 안내해주시면 돼요"라고 말해서 지민은 얼떨결에 내 매니저가 되었다. 집에 돌아오는 길에 지민은 나를 '매니저도 있는 대단한 작가'라고 놀렸다.

내 발이 되어준 두 사람은 차츰 나의 말 편집자가 되어주었다. 초창기에 나는 강연 전날부터 잘 먹지도 자지도 못하고 노심초사 걱정을 달고 살았다. '실수하면 어떡하지, 할 말을 까먹으면 어떡하지, 내가 너무 지루하게 말하면 어떡하지.' 이런 고민을 털어놓으면 두 사람은 "평소처럼 승은이 하고 싶은 이야기를 하면 돼"라고 말하며 기운을 주었다. 때로는 "생각 그만! 달콤한 거 먹자!"며 입에 초콜릿을 물려주었다. 그러면 생각이 멈췄다. 예민해진 내 상태를 다 받아주는 쿠션 역할도 해주었다. (이 시기를 떠올리면 미안하다.)

강연이 끝나고 녹초가 된 채로 집에 돌아가는 길이면

조수석에 앉은 나는 쏟아지는 졸음을 참으며 잊지 않고 물었다. "오늘 강연은 어땠어?" 여태껏 강연을 백 번 했다면, 백 번 다 같은 질문을 했다. 초반에 두 사람은 나에게 자신감을 주려고 "정말 좋았어!"라고 주로 칭찬만 했었는데 차츰 내가 강연 전에도 잘 먹고 잘 자게 되면서 적확한 강연 피드백을 해주기 시작했다. 강연이 끝나고 집에 돌아오는 길은 강연에 대한 피드백과 앞으로의 퇴고 이야기로 채워졌다. 그 시간 덕분에 나는 소통하기 위해 필요한 적절한 팁을 얻을 수 있었다. 이번에는 나의 두 편집자에게 배운 말하기의 퇴고 방향을 공유하고 싶다.

무대를 연극처럼

우주는 교육학을 전공해 박사과정까지 수료했고, 현재 교대에서 예비 선생님을 가르치는 강사이기도 하다. 나는 우주의 대학 4년과 대학원 5년, 도합 9년의 팁을 뽑으려고 꼬치꼬치 캐물었다. 하루는 우주가 말했다. "승은이 긴장하면 한자리에서 가만히 두 시간을 말하거든? 근데 앉아서 진행하는 게 아니라면 최대한 무대를 활용하는 게 좋아. 앉아 있는 사람들이 한곳만 보면 고개가 고정되고 몸이 굳잖아.

무대에서 조금씩만 자리를 이동해도 서로 몸이 풀어질 수 있어. 가능하면 크게 움직여도 좋아. 무대에서는 손동작을 크게 해도 과해 보이지 않아. 오히려 집중하게 돼."

우주의 말을 듣고 떠올려보니 그랬다. 대학 시절, 내가 가장 좋아한 수업의 강사는 무대를 역동적으로 누비고 다녔다. 때로는 배우처럼 표정과 목소리도 자유자재로 움직였다. 강사가 전달하는 내용이 좋았던 것은 물론이었지만, 그 시간에는 확실히 집중하게 만드는 무엇이 있었다. 한자리에 서서 책을 읽던 교수와는 다른 에너지. 그 에너지가 움직임에서 나온다니, 신기했다.

그 뒤로 의식적으로 움직이는 연습을 했다. 피피티 화면을 바꿀 때 한 발자국 옆으로 이동하고, 강조하고 싶은 말을 할 때는 한 발자국 앞으로 이동한다. 그런 때는 눈도 동그랗게 뜨고 목소리에도 힘을 준다. 손과 팔도 자유롭게 움직인다. 마치 연극배우가 된 것처럼 억양과 표정, 몸짓을 변형한다. 경험이 축적되며 조금 자신감이 붙은 나는 강연의 흐름상 전환이 필요할 때면 무대의 왼쪽에서 오른쪽으로 열 걸음도 옮길 수 있게 되었다! 사람들의 시선과 고개가 나를 따라 움직인다. 그럴 때면 굳어 있던 나와 사람들의 몸이 함께 풀리는 느낌이다.

이야기의 연결 고리

오랜 시간 토론학회에서 활동하고, 각종 토론대회 상을 휩쓴 지민은 논리의 흐름을 중요하게 여긴다. 그런 지민에게 피드백을 요청할 때면 내 어깨는 조금 뻣뻣해진다. 섬세한 지민은 "승은 강연 오늘도 너무 좋았지. 어떤 점이 좋았냐면~"이라며 구체적으로 칭찬한다. 나는 그다음에 나올 "다만, 이거 한 가지만"으로 시작하는 문장을 기다린다. 지민은 칭찬할 때처럼 내가 어떤 면을 보충하면 좋을지 꼼꼼하게 알려준다. "승은은 이야기를 잘 풀어내거든. 서사로 사람들을 확 몰입하게 만드는 게 있어. 바로 의견을 말하기보다 승은이 경험한 걸 이미지로 연상하도록 보여줘서, 승은의 글처럼 강연에서도 몰입하게 돼. 콕 찌르기보다 서서히 물들게 만드는 게 이야기의 힘이잖아. 나는 그 이야기와 이야기 중간에 한 번씩 정리해서 짚어주면 어떨까 싶어. 그러면 듣는 사람들에게도 큰 흐름이 보여서 전체적인 맥도 잡을 수 있고, 이야기를 잘 따라갈 수 있지 않을까?"

내가 전달하는 이야기의 덩어리가 네 개라면, 한 덩어리가 끝나고 다음 덩어리로 넘어갈 때 한 번 정리해주는 '연결고리' 같은 안내가 중요하다는 것이었다. 서사로 풀어내길 좋아하는 나는 이 부분을 놓치고 있었는데, 지민의 말을 들은 뒤로 이야기를 한 번 끝낸 뒤에 꼭 이음새를 붙이려고 노력한다. "지금까지는 여성과 소수자에게 글쓰기란 어떤 의미인지 여러 사례를 통해 이야기했습니다. 이번에는 어떻게 글을 쓰면 좋을지 방향성에 대해 말하겠습니다." 이렇게 한 번 이음새를 언급하면, 듣는 사람들에게 친절한 이야기 안내자가 될 수 있다. 누구보다 내가 내 말의 흐름을 가늠할 수 있어서 헤매는 일을 줄일 수 있었다.

믿음과 힘

두 사람에게 자주 들었던 피드백 중에는 긴장할 때마다 나도 모르게 반복하는 단어 사용이 있다. 어떤 날에는 '그냥'을, 어떤 날에는 '그런', '그것', '그런 게'를 반복해서 말한다. 미처 인식하지 못했지만, 긴장하거나 자신이 없을 때면 그렇게 됐다. 뭉개는 표현을 썼다. 안전한 서술어를 사용하기도 한다. 글을 쓸 때 '~인 것 같다'라는 표현을 지양하라고 배운 것처럼, 말을 할 때도 그런 표현은 꼭 필요할 때만 사용하면 어떻겠냐는 피드백을 들었다. 내가 하는 말에 책임지기 위해, 더 간결하게 전달될 수 있도록, 그리고 정말 필요한 권리를 말할 때는 단호한 표현을 사용하는 편이 좋다는 뜻이었다. '~라고 생각합니다'라는 서술어 중 권리와 관련한 표현은 '~입니다'로 바꿨다. '차별금지법 제정이 필요하다고 생각합니다' 대신, '차별금지법 제정이 필요합니다'로. 교차하는 복잡한 이야기를 전달할 때면 단언하는 언어를 경계하고 복잡한 그대로 풀어내기 위해 노력하지만, 아닐 때는 확실하게 의견을 말한다. 그러기 위해서는 자신감이 필요하다. 다른 이의 말과 글에 귀 기울이며 공부하고, 내가 꼭 전하고 싶은 말을 정리하면 자신감은 절로 생겼다. 망설이거나 뭉개는 표현도 자연스럽게 줄어들었다.

셀 수 없이 많은 날 나는 말하기 편집자들에게 피드백을 받았다. 도움받은 점도, 고마운 점도 넘치게 많아 다 쓰자면 한없이 길어지겠지만, 나는 두 사람에게 꼭 전하고 싶다. 내 말에 귀 기울여줘서 고맙다고. 글을 쓸 때 '쓰다'가 아닌 '읽히다'로 동사가 확장되면 읽는 사람을 고려하며 섬세해질 수 있는 것처럼, 두 사람의 존재는 나 중심의 '말하기'를

'들리기'로 확장하게 해주었다. 마이크는 혼자 잡고 있지만, 내 말이 독백이 아닌 누군가를 향해 끊임없이 대화를 시도하는 행위라는 사실을 알아차리도록 도와주었다. 그 감각만으로도 나는 조금 더 부지런하고 섬세한 안내자가 될 수 있다. 말이 들리는 여기는 허공이 아닌 곳. 복잡한 역사를 통과한, 어떤 절박함으로 이 자리에 모인, 여러 결을 가진 이들과 대화하고 있다는 감각을 익혔다.

은은하게 불안이 올라오던 강연 전날 밤, 정혜윤의《마술 라디오》를 펼쳤다. 정혜윤 작가가 피디로 일하며 만난 생생한 이야기들을 담은 책을 읽으면 이야기의 힘을 느낄 수 있다. 내 이야기가 의심되거나 주눅 들 때, 불안할 때면 나는 이 노란색 책을 찾는다. 그날 밤에는 무작위로 펼친 페이지에서 아래 문단을 발견했다.

단, 자신의 말과 목소리를 찾기 전까지 누구도 피해갈 수 없는 규칙이 하나 있지. 바로 한 사람의 존재야. 자신의 모든 말을 듣는 단 한 명의 청취자. 나의 희로애락을 함께하는 상상의 청취자. 라디오라는 매체는 이런 식으로 혼자만

의 고독을 함께하는 고독으로 바꾸는 거야.[8]

이어서 작가는 말한다.

우리는 사랑이 사랑을 낳는다는 것을 한순간도 잊으면
안 돼.[9]

긴장이 마음에 가득 차거나, 내가 내 말을 믿지 못하면
눈앞에서 경청하는 사람들을 보지 못할 때가 많다. 나는 나
에게 갇히고, 말은 안에서 웅얼거린다. 그런 순간마다 한 사
람을 찾았다. 내 앞에 있는 수십, 수백 명의 사람들 중에서
눈빛을 반짝이는 단 한 사람. 내 말에 누구보다 귀 기울이는
한 사람. 나의 말 편집자들. 그 한 사람이 내게 준 믿음이 옆
사람에게 번지고, 그렇게 경청하는 주위의 여러 귀를, 눈빛
을 믿게 되었던 순간들이 스쳐 간다. 그들의 사랑으로 나는
사랑을 믿고 말하는 사람이 될 수 있었다. 내가 두 명의 말
편집자에게 배운 '말하기를 돕는 팁' 중 제일은 잘 듣기, 눈
과 귀를 기울이는 일이었다.

함께 우울하고 싶다

　지난 3월부터 일주일 주기가 금요일 저녁 6시 30분을 중심으로 돌아가고 있다. 6시 30분부터 10시까지 세 시간 넘게 글쓰기 수업을 진행하면, 곧장 다음 수업을 준비하며 일주일을 보낸다. 이번 주말엔 온종일 노트북 앞에 앉아 동료들의 글에 피드백을 썼다. 열한 명의 동료가 일주일간 치열하게 고민하고 내놓은 글인 만큼 집중력이 요구된다. 체력이 떨어져 침대와 책상을 오가길 반복했다. 각자 글의 강점과 매력, 글쓴이의 관점을 어떻게 확장하면 좋을지 조심스럽게 제안하다 보니 어느새 리뷰만 A4 용지 다섯 페이지가 넘었다.

일요일 오전 중에 코멘트를 달고, 이후 시간은 경직된 몸과 마음을 이완하는 시간을 가지려고 노력했다. 지난 주말에는 이사 준비와 손님맞이로 정신이 없었는데, 아무 일정이 없는 이번 주말에도 마음 편하게 쉬지 못했다. 일하는 것보다 일하지 않는 게 나에게는 훨씬 어렵다. 나는 내가 노동을 싫어하는 사람이라고 생각했는데, 좋아하는 일을 할 때는 중독과 강박감이 있다는 사실을 뒤늦게 알았다.

6주 만에 극적으로 글쓰기가 늘지 않듯이, 6주 만에 글쓰기의 정수를 짠 하고 알려줄 수 없다는 걸 알면서 한계를 인정하기가 쉽지 않다. 정작 나도 '글 어떻게 쓰는 거예요?'라고 누군가에게 매달려 묻고 싶은 순간이 많으니, 불안감만큼 촘촘하게 불안을 차단하는 방식을 선택하는 건 아닌가 싶기도 하다. 어깨에 힘이 들어가니까 글쓰기가 힘들고, 생활도 경직된다. 요즘엔 예능을 봐도, 웹툰을 봐도, 벚꽃을 봐도 다 수업에서 전달할 내용이 연결된다.

지난 수업에서 한 동료가 "글 쓰면 확실히 정리되는 느낌이 있긴 한데, 쓰고 퇴고하는 과정이 정말 힘들어요. 글은 왜 쓰는 걸까요? 왜 써야 할까요?"라고 물었다. 이토록 솔직한 심정이라니. 고개를 끄덕이고 싶은 욕구가 올라왔다. 그래도 글쓰기 수업을 진행하는데 "그러게요, 저도 잘 모르겠어요"라고 말할 수 없어서 글을 쓰면 좋은 이유를 주절주절 떠들었다. 지금도 오랜만에 일상을 끄적이고 있지만, 내가 쓰는 이유를 언어로 정리하기 힘들다.

요즘은 주로 사운드클라우드SoundCloud에서 노래를 찾아 듣는다. 그중에서 식물을 위한 노래라고 알려진 모트 가슨Mort Garson의 〈Plantasia〉를 즐겨 듣는데, 햇살처럼 귀여운 멜로디에 꽂혔기 때문이다. 천천히 춤추듯 성장하는 식물의 시간을 닮은 '뿅뿅'거리는 멜로디가 매력적이다. 블루투스 스피커로 음악을 크게 틀어놓으면 반려식물도 나도 쑥쑥 크는 것 같다. 화려하지 않아도 고요하게 그 자리를 지키는 식물을 보면, 식물을 닮고 싶다고 자주 생각한다. 식물 같은 이야기를 쓰는 사람이 되고 싶다고도 자주 생각한다. 깨끗한 마음과 태도를 담은 글을 쓰고 싶다고.

돌이켜보면 내가 처음 글과 말로 표현하기 시작한 이유는 외로움 때문이었다. 사람이 싫다고 말하면서도 사실은 이해받고 싶고, 덜 외롭고 싶어서 혹은 함께 외롭고 싶어서 글을 썼다. 요즘은 마감에 맞춰 쓰는 경우가 많아서 쓰면서도 쓰는 이유를 잊곤 한다. 작가나 저자라는 수식어를 의식해서 잘 쓰고 싶은 욕심도 생긴다. 점점 내 글이 인위적으로 느껴지기도 한다. 마감이 있는 글쓰기 이전에 일상을 편하게 기록하는 글쓰기에 습관을 들이면 조금 달라질까. 다음 워크숍 때는 가르치지 말고, 이런 고민을 함께 나눠도 좋겠다.

나는 어느 한 노래에 꽂히면 무한 반복해서 듣는 편이라 가까이에 있는 사람들이 괴로워한다. 참다못한 우주가 어제 "승은 때문에 승은이 좋아하는 노래가 싫어지기도 하는 것 같아"라고 말했다. 내가 하도 틀어놔서 노래가 질리게 된다는 말인데, 노래에 미안해서라도 앞으로는 혼자 있을 때 무한 반복해야겠다. 지금도 무한 반복하는 중.
　'뽕뽕 뽕뽕, 띠리리리~ 뽀로로롱.'

말하기를
듣다

오랜 시간 마이크를 잡아온 선배들을 만났다. 순 선배는 퀴어 페미니즘을 주제로, 도 선배는 장애인권을 주제로 20년 넘게 강단에 서왔다. 오랜만에 만난 우리는 서로의 근황을 주고받았다. 순 선배가 나에게 물었다. "요즘 책 관련 행사 하러 다니느라 많이 바쁘죠?" 당시 나는 책이 나오고 한창 북토크를 하러 다니고 있었다. 이때다 싶어 최근의 관심사를 물었다. "아이고, 아니에요. 선배님들보다 바쁠까요. 그런데 혹시 두 분은 강연하면서 힘든 순간 없었어요? 엄청 오랫동안 해오셨잖아요."

사람들 앞에서 말하는 일이 늘어나면서 내가 지금 잘하고 있는 건지 고민되는 순간이 늘었다. 선배들을 만난 김에 꼭 묻고 싶었다. 선배들은 어떻게 꾸준히 말할 수 있었나요? 그 힘은 어디에서 왔나요? 두 사람은 할 말이 너무 많다는 듯 숨을 들이쉬고, 어떤 말을 먼저 꺼낼지 생각하는 듯 보였다. 서글서글한 눈빛을 가진 도 선배가 먼저 입을 뗐다.

"물론 있었죠. 지금 기억나는 건, 장애인 시설 원장과 직원들을 대상으로 '장애인 탈시설' 강연을 했던 날이에요. 강연하기 전부터 고민이 되더라고요. 시설을 운영하는 사람들에게 탈시설 논의가 잘 전달될 수 있을까? 생계가 걸렸다고 생각될 때 미묘한 지점을 섬세하게 포착해서 전달하는 게 중요하잖아요. 그때 저는 특히 직원들을 향해 말하기로 다짐했어요. 시설이 사라진 후에 지역사회 네트워크를 구축하기 위해서 다채로운 논의가 필요하고 여러분의 역할이 중요하다고요. 우리는 공존해야 하는 사람들이니까요. 도저히 말이 통하지 않을 것 같은 순간에도 저는 정의라고 할까, 진심이라고 할까, 그런 게 전달될 거라고 믿어요."

이야기를 들으며 순 선배와 나는 함께 감탄했다. 말이 통하지 않을 것 같은 기류 앞에서 위축되지 않고 말하는 힘은 도 선배의 믿음에서 비롯되었을 거다. 정의와 진심이라는 단어를 진실로 말할 수 있는 사람은 듣는 이에게도 그걸 전달할 수 있을 테니까.

나는 어떤 마음으로 무대에 올랐던가? 정의와 진심이 내 안에도 있었지만, 나를 거부하는 반응 앞에서는 지레 포기와 냉소가 앞서곤 했다. 포기해버린 순간들이 떠올라서, 그리고 조금 마신 하이볼의 영향으로 얼굴이 붉어졌다. 이어서 순 선배가 말했다.

"어휴, 말도 못 해요. 나는 지금도 강연하거나 인터뷰할 때마다 엄청 떨어요. 여전히 청심환 먹을 때도 있다니까. 나도 생각나는 게 있어요. 내가 40대 초반이었나, 한번은 장교들 앞에서 페미니즘 강연을 할 일이 있었어요. 수십 명의 장교가 군복을 입고 앉아 있는데, 그 느낌 알죠? 나는 나이도 먹었고, 여자로 보이고, 몸집도 작고. 사람들이 나를 어떻게 볼지를 너무 알 것 같은 거예요. 그간의 경험이 있으니까. 그때 무대에 올라가기 전에 계속 중얼거렸어요. 지금은 내 차례다. 지금은 내가 말할 차례다. 그렇게 생각하고 올라가니까 한결 나았어요. 그 뒤로 무대에 오르기 전에 계속 생각해요. 지금은 내 차례라고요."

순 선배가 말하는 '지금은 내 차례'가 나에게는 '지금은 우리 차례'로 들렸다. 순 선배가 삶으로 꽉 껴안고 있는 존재들. 그 존재들을 이야기보따리에 가득 담아서 어깨에 이고 성큼성큼 무대에 올라가는 순 선배의 작은 몸을 상상했다. 상상만으로도 든든하고 멋진 모습이었다. 나는 두 선배가 세상에 표현하는 전복적이고 아름다운 말들을 들으며 세계를 확장해왔다. 그런 두 사람에게도 고민하고 망설이는 순간이 있고, 어떤 태도로 무대에 오를지 마음을 다잡는 시간이 있다는 사실을 듣는 것만으로도 고민이 한결 가벼워지는 기분이었다.

대다수에게 사랑받는 동글동글한 말이 아닌, 어딘지 불편한 말을 해서 미움받는 사람들이 있다. 그런 이들이 공격받아 상처 입는 모습을 나는 자주 목격했다. 페미니스트라는 이유로 강연 전날 갑자기 행사가 취소됐다는 이야기. 공격적인 질문 때문에 무대 위에서 울었다는 이야기. 그런 이야기 뒤에도 이야기는 이어졌다. 강연 취소에 문제제기하고 끝내 다른 공간에서 강연을 진행했다는 이야기. 울면서도 끝까지 자기 이야기를 했다는 이야기. 그들은 말하기를 멈추지 않는다. 덕분에 나는 그들의 불편한 언어를 들으며 무럭무럭 자랐다. 불편해서 무해한 말들, 불편해서 나를 우리로 확장하는 말들을.

말의 흐름 속에 나와 동료들이 있다. 지치지 않고 말하는 가까운 동료 중에는 진송과 혼세가 있다. 이진송 작가(이하 진송)는 정상연애 중심주의를 해체하는 다양한 이야기를 담은 독립잡지 《계간홀로》의 편집장이고, 미루는 사람들을 위한 팟캐스트 〈밀림의 왕〉을 진행하며 활발하게 글과 말을 푼다. 곽민지 작가(이하 혼세)는 혼인 위주의 정상가족 담론에서 비껴간 다양한 비혼들의 이야기를 전달하는 팟캐스트 〈비혼세〉를 진행한다. 역시 활발하게 글과 말을 푸는 사람이다. 두 사람과 가까워지며 나는 자주 물었었다. 어떻게 그렇게 지치지 않고 말할 수 있어요? 그럼 두 사람은 뭘 그런 걸 묻느냐는 표정으로 대답한다. "승은 님은 똥을 참을 수 있어요? 우리가 똥을 참을 수 없는 것처럼, 말하고 쓰는 것도 참을 수 없어서 하는 거 아닐까요(웃음)." 대체로 '다큐 모드'로 말하는 나는 두 사람의 시원하고 유쾌한 입담이 부럽다.

함께 원고를 쓰려고 진송 집에 놀러 간 날, 햇살이 내리쬐는 거실에 마주 앉아 우리는 야금야금 커피를 마셨다. 요즘은 어떤 글을 쓰는지, 어떤 고민이 있는지 나누다가 기습적으로 진송에게 물었다.

"진송 님, 소수자에게 말하기란 어떤 의미일까요?"

"음, 말을 안 하면 못 참아서 하는 것 아닐까요? 그때 말했던 똥 비유처럼요(웃음). 그러게요, 어떤 의미일까. 저는 말이란 누구나 누리고 할 수 있는 것이어야 하는데, 제한과 제약이 많아서 더 중요하게 언급되는 거로 생각해요. 가끔은 말이나 글이 불씨처럼 느껴질 때가 있어요. 모두가 자기만의 불씨를 마음속에 갖고 있는데, 세상은 그 불씨를 끄게끔 압박하는 것 같거든요. 불씨가 큰 사람에게는 제약이 들어오고요. 그럼에도 불구하고 불이 있어야 빛이 나고, 다른 사람을 찾아갈 수도 있으니까. 저는 자기가 말을 못한다고 생각하는 사람일수록 말을 많이 해봤으면 좋겠어요. 계속 빛날 수 있도록 불씨를 지펴보길 바라요."

"말과 불. 정말 그렇네요. 그런데 어떤 사람들은 자기가 말을 잘 못한다고 생각해요. 분명 내면에 불씨가 있는데 말이죠. 그런 사람에게 도움이 되는 팁이 있을까요?"

"저는 모두가 소위 '매력적'으로 말을 할 필요는 없다고 생각해요. 매력이라는 건 대부분 표현 방식에 국한된 거니까요. 말이 요리와 비슷하다고도 느껴요. 살기 위해서는 자기가 뭔가를 만들어야 하는데, 안 할수록 능력이 사라질 수 있잖아요. 우리가 대부분 비교하게 되는 '잘 말하는 사람'은 그걸 직업으로 삼는 사람들이에요. 그렇게 업으로 삼으면서 경험이 축적된 사람들과 비교하면 자꾸 위축될 수밖에 없겠죠? 저는 자기를 잘 지탱하기 위해서라도 말하기를 두려워하지 않았으면 좋겠어요. 내가 만든 음식이 다른 사람의 요리보다 초라하고 먹기 싫을 수도 있어요. 그래도 먹어야 사는 거잖아요. 무엇보다 자기 말이 어떻게 들리는지 고민하는 사람일수록 배려하는 사람이라고 느껴요. 그 태도가 중요한 거 아닐까요? 좋아하는 사람들과 가장 편하게 즐겁게 대화할 때의 마음을 기억하고, 너무 떨리거나 위축될 때마다 나는 그렇게 즐겁게 이야기할 수 있는 사람이라는 사실을 기억하면 좋겠어요."

하나를 물으면 열이 나오는 언어 술사 앞에서 신난 나는 질문을 멈출 수 없었다.

"진송 님이 말할 때 가장 신경 쓰는 점은 뭐예요?"

"저는 글과 말이 비슷하다고 생각해요. 말할 때 듣는 사람이 지루하지 않도록 노력하는 게 저의 기본 전제인 것 같아요. 말이 재미없는 사람이 말을 많이 하면 지루해지잖아요. 단지 표현이나 개그의 문제가 아니라…… 자기가 무슨 말을 하는지 알고 하는 사람과 모르는 사람의 차이라고 할까요? 무슨 말을 할지 모르는 사람이 마이크를 들고 있으면 듣는 사람이 괴롭잖아요. 글도 그렇고요. 특히 대화할 때 핑퐁처럼 주고받는 게 아니라 모두 자기 이야기로 쏙 흡수하는 사람이 힘들어요. 그래서 마이크를 쥐고 이야기할 때도 의식적으로 교감하려고 노력해요. 쉬운 비유, 농담, 중간에 질문하기. 이런 것들이 핑퐁을 위한 도구로 쓰여요."

"정말요. 저도 독백 같은 글이나 말은 힘들더라고요."

"맞아요. 내가 알고 있는 곳으로 그 길이 처음인 사람들을 이끄는 게 강연자나 글 쓰는 사람의 역할이라고 생각해요. 나 혼자 냅다 달려가는 게 아니라 천천히 안내하는 거! 고소공포증은 없는지, 어디쯤 와 있는지 체크하면서요. 놀이동산에 가면 키별로 탈 수 있는 기구가 정해져 있잖아요. 그런 서로의 차이를 확인하고, 웃음 포인트나 친밀감을 확인하고. 끊임없이 확인하면서 함께 가는 거라고 생각해요."

말의 마법사 진송은 나에게 맛있는 말과 채식 만두전골을 해주었다. 아마 이 자리에 혼세까지 있었다면 이 원고는 책 한 권 분량이 되었을 수도 있다. 비혼이라는 이유로 이유 없이 미움받기도 하는 또 다른 언어 술사 혼세의 말하기는 그의 비혼 에세이 《아니 요즘 세상에 누가》의 한 단락에서 힌트를 얻기로 한다.

사람들은 글을 써서 세상에 내놓는 행위 자체가 자기 자신에 대한 확신에서 비롯되었다고 생각하지만, 사실은 외롭기 때문에 허공에 대고 외치는 행위이기도 하다. '저요, 제가 이런 사람인데요. 정말 저 같은 사람이 세상에 한 명도 없나요?' 내가 먼저 외치면, 한 명의 메아리 정도는 돌아오지 않을까 하면서. (…)

사람들이 멋지다고 말하는 수많은 작가들은 사실 전혀 멋지지 않기에 타인의 손을 잡고 싶어서 쓴다. 세상이 보통이라고·믿어온 방식과 다르게 사는 우리가 계속해서 이야기를 하는 이유는, 그렇게 사는 것에 강철 같은 안정감을 가져서가 아니라 그렇게 친구들을 불러 모아 덜 불안해지고 싶어서이기도 하다.[10]

오늘도 순 선배와 도 선배, 진송과 혼세, 나, 그리고 수많은 우리는 각자의 자리에서 쓰고 말한다. 내 안의 불씨를 지펴 나를 지탱하고 그 불길 앞으로 동료들을 모으기 위해. 주위의 작은 존재들을 사랑하는 마음과 그 마음이 누군가에게 전달될 거라는 믿음을 믿기 위해. 은은하게 말이 퍼지는 세상에서 누군가의 가슴에 다시 작은 불이 지펴진다. 그럼 어디선가 누군가가 자기의 말을 시작한다.

대화에도

퇴고가 가능하다면

대화에도 퇴고가
가능하다면

책상 앞에 앉는다. 초고를 쓴다. 퇴고한다. 글쓰기의 세 단계 중 나는 마지막에 가장 많은 시간을 쏟는다. 쓰는 사람 대부분이 그럴 테지만, 나는 퇴고 강박이 있다. 마감이 2주 남았다면 하루는 초고를 쓰고 남은 13일은 퇴고에 퇴고를 반복한다. 가끔 동료들에게 피드백을 부탁하면 동료들은 묻는다. "이거 또 다음 달까지 보내는 원고지?" 나는 부지런한 사람이라기보다는 실수를 두려워하는 강박 인간인 게 틀림없다.

퇴고할 때는 몇 가지 기준으로 글을 점검한다. 글을 통해 내가 말하고자 하는 바가 무엇인지 방향을 잡고, 너저분한 문장을 정리한다. 가장 촉각을 세우는 부분은 다른 존재를 배제하는 표현이나 관점 경계하기. 초고에서 툭 튀어나온 차별적인 표현이 있다면 후딱 지우고 다듬으면서 역시 퇴고하길 잘했다고 안심한다. 공들여 쓴 글도 다시 읽으면 실수하거나 놓친 부분이 보인다. 그날 밤은 잠을 설치고, 다음에는 더 섬세해보자고 다짐한다.

내 잠을 방해하는 가장 큰 요인은 '말'이다. 누군가와 대화하고 돌아온 밤이면 내가 했던 말을 곱씹는다. 혹시 실수한 거 없었나? 너무 내 얘기만 늘어놓은 건 아닐까? 아무래도 그 얘긴 하지 말았어야 했어. 그런 말은 불편하다고 바로 말할 걸 그랬어. '글 실수'라는 표현은 어색하지만 '말실수'라는 표현은 익숙한 걸 보면 아무래도 말은 실수하거나 놓치기 쉬운 수단인 것 같다. 그럴 때마다 나는 바랐다. 대화에도 퇴고가 가능하면 좋겠다고.

무늬는 퇴고하듯 말하는 사람이다. 3년 전 무늬를 처음 만난 가을, 무늬는 가방에서 작은 스프링 노트와 연필 하나를 꺼냈다. 대화하는 동안 무늬는 간간이 노트에 단어와 짧은 문장을 적었다. 말을 꺼내기 전에 한 번, 내 말을 들을 때 한 번씩 노트를 필터처럼 사용했다. 무늬는 대화의 템포가 느긋한 편이었다. 처음에는 익숙하지 않은 속도였지만, 점점 나는 무늬가 고르고 고른 뒤에 입 밖으로 표현하는 이야기를 듣는 재미에 빠졌다. 말실수하고 이불을 발로 차는 밤이 무늬에게는 분명 적을 거로 생각했다.

무늬가 말을 잘하고 싶다고 고민을 털어놓았을 때, 깜짝 놀라 물었다. "무늬가 말을 못한다고요? 저는 정말 무늬처럼 말하고 싶은데. 무늬는 실수하는 일도 없잖아요." "저는 생각하고 표현하기까지 시간이 걸리는 편이잖아요. 승은처럼 즉각적으로 표현하고 싶은데……. 그리고 저도 말실수할 때가 있어요." 그날 무늬와 나는 우리가 서로를 부러워하고 있었다는 사실이 재미있어서 깔깔대며 웃었다.

지난 3년간 무늬와 관계 맺으면서, 나는 무늬에게 조심스러운 말하기만큼 사과할 용기를 배웠다. 무늬도 가끔 말실수한다. 그리고 가능한 한 빨리 사과한다. 무늬는 나와 헤어진 뒤에 가끔 메시지를 보낼 때가 있다. "제가 오늘 승은에게 이런 농담을 했는데, 혹시 승은이 기분 나쁘지 않을까 싶어서요. 제가 잘못한 부분이 있다면 꼭 알려주세요." 나도 미처 생각하지 못한 부분을 섬세하게 고민하고 표현하는 무늬를 보면서, 나는 만약 대화에 퇴고가 가능하다면 이런 모습이겠구나 생각했다.

살면서 상처 준 사람에게 "제발 나한테 사과해줘"라고 애원하듯 말한 적이 정말 많았다. 아마 누군가도 나에게 같은 심정을 느꼈을 거다. 얼마 전 영화 〈세 자매〉를 볼 때, 나는 어릴 적 아버지의 폭력에 시달린 세 자매가 성인이 된 뒤 아버지에게 평생의 한을 꾸역꾸역 억누르며 말하던 모습이 기억에 남았다. "사과하세요. 제대로 사과하세요!" 그러나 아버지는 사과하지 않고 딸들이 보는 앞에서 자해한다. 차마 입 밖으로 잘못을 말하지 못하는 사람이 된 아버지. 그 모습을 보면서 내가 그와 얼마나 다른 인간인가 생각했다. 상처받기 전으로 되돌릴 순 없어도, 제대로 잘못을 인정하고 표현하는 일은 다음 단계로 나아가는 시작이 될 수 있다. 사과만으로 봉합되는 상처는 없겠지만, 봉합은 진심 어린 사과에서부터 비로소 한 땀 엮인다.

몇 년 전, 세 장 분량의 긴 편지를 받은 적이 있다. 발신자는 강연 뒤풀이 자리에서 만난 기수였다. 그날 기수는 술에 취해 나와 동료들에게 "엄청 조용한 편이시네요? 원래 이렇게 조용한 사람들끼리 어울려요? 무슨 재미로 만나요?"라고 말했는데, 그때 나와 동료들은 기수의 말에 표정이 굳어졌다. 기수는 얼마 되지 않아 지인을 통해 빽빽하게 채운 편지를 전했다. '제가 그날 술이 과해서 농담이랍시고 무례하게 말했습니다. 승은 님과 동료분들에게 진심으로 죄송해요. 앞으로 술을 절제하고 조심하기로 다짐했어요. 행동으로 보여드릴게요.' 그 뒤로 기수는 취할 정도로 술을 마시지 않았고, 나와도 가까운 사이가 되어 지금까지 잘 지내고 있다. 잘못을 인정하고 수정할 용기가 기수에겐 있었고, 나는 그런 기수를 신뢰하게 되었다.

누구나 실수할 수 있다. 말을 통해 타인을 언짢게 할 수도, 상처를 줄 수도 있다. 하지만 글을 쓸 때처럼 대화에도 퇴고의 기회가 있다. 진심으로, 너무 늦지 않게 사과하는 것. 그 일에는 무엇보다 용기가 필요하다. 자존심을 내려놓고, 먼저 사과하면 불리해질 거라는 고정관념을 내려놓고 진심으로 사과하기. 나는 사과하는 법과 용서하는 법을 너무 모르고 지냈던 것 같다. 나는 바란다. 말을 뱉기 전에 신중해지는 사람이 되고 싶다고, 그보다 기꺼이 사과하는 사람이 되고 싶다고. 초고를 쓴 뒤에 여러 번 퇴고하며 보다 무해한 글로 다듬듯, 말을 뱉은 뒤에도 퇴고할 기회가 있다는 사실을 기억하고 싶다.

감각이
열리는 시간

언어치료사로 일하며 장애 학생과 일상을 공유하는 A는 글에서 자주 주어를 생략한다. 주어와 서술어의 호응이 문장의 완성이라 생각했기에 처음에는 그 부분을 피드백했다. 그런데 글을 읽을수록 문장에 담긴 A의 고민과 망설임을 공감하게 되었다. A의 글에 등장하는 학생들은 노래를 좋아한다. 눈치도 빠르다. 학생들은 자기 반이 1반이나 2반이 아니라 '사랑반'이라는 사실도 잘 알고 있다. A는 학생들을 입체적인 이미지로 기억한다. 그런 A는 장애인을 바라보는 타인의 눈총도 자주 목격한다. 유아차 사이로 언뜻 보이는 아이의 축 늘어진 발과 사시인 눈을 보는 사람들, 장애인을 특별하거나 불행한 존재로 여기는 사람들. 눈치 빠른 학생과 눈총 보내는 사람들 사이에서 A는 자신이 할 수 있는 말이 무엇인지 고민한다. 섣불리 대변하려고 하지 않으면서도 다채로운 모습을 보이려고 노력한다. A의 주어 생략은 조심스러운 태도의 연장일지 모른다는 생각이 들었다. A의 글을 읽으면서 내가 될 수 없는 타인을 담는 쓰기의 태도를 고민하게 되었다.

B는 종종 회의적인 심정을 토로한다. 사람과 사회 모두 차가운 이 현실에 희망이 있느냐고 묻는다. 비 맞은 것처럼 땀에 젖은 택배 기사, 늦은 밤에도 달려오는 배달 기사를 떠올리며 누군가를 착취하며 간편하게 살아가는 자신의 존재가 부끄럽다고 말한다. B의 글에는 유독 공간과 사람이 풍부하게 등장한다. 병원 입원 수기도 그랬다. 왕년에 농구 선수였던 아주머니, 죽도시장에서 버섯을 팔던 아주머니, 며느리 흉을 보던 아주머니들, 비정규직 청년을 안쓰럽게 보던 사람들, 병원 복도에서 유산 싸움 하던 자식들의 목소리. 한밤중에 병원에서 아기 우는 소리를 들으며 B는 이런 기록

을 남겼다. "늦은 밤, 병원 복도를 울리는 비명 같은 아기 울음소리 그리고 귀먹은 할머니. 온 힘을 다해 울지만, 아무것도 들리지 않는 사람이 동시에 사는 세상." B는 문학을 좋아하는데, 특히 시를 읽을수록 그냥 지나치지 못하는 슬픔이 늘어난다고 했다. B가 지나치지 못하고 쓰고야 마는 일상의 풍경은 그래서 소중하다. 타인의 삶을 보고, 끝내 질문하는 B의 시선을 따라가다 보면 내 일상에도 존재하는 얼굴들이 선명해지기 때문이다.

지난 시간에는 황정은의 소설《백의 그림자》를 읽고 대화를 나눴다. 주인공 은교와 무재의 사랑이 화두였다. 드라마에 나오는 격렬한 감정이 아니라 상대에게 여백을 남기며 배려로 관계 맺는 두 주인공을 보며, 다들 '판타지 같다, 꿈 같다'고 말했다. 그런데 한 동료가 "은교와 무재의 관계가 마치 우리 부부를 보는 것 같다"고 말해서 모두를 놀라게 했다. 결혼하기 전에도 덤덤하게 서로를 존중하는 사이였기에 오히려 '이건 사랑이 아닌가?' 의심했다던 C는《백의 그림자》를 읽으며 '우리도 사랑이구나' 느꼈다고 한다. 더는 자신의 감정을 의심하지 않게 되었다는 C의 글을 읽으며, 읽고 쓰는 과정이 한 사람을 긍정하게 하는 힘을 생각했다.

자신의 존재를 부끄럽게 여긴 남편과 별거하기로 한 D가 페미니즘의 언어를 안 뒤로 더는 자신을 의심하지 않게 되었다는 이야기, 학교에 적응하지 못하는 학생이었던 E가 교사가 된 뒤에 자신의 상처만큼의 역할이 있을 거라고 다짐하는 이야기. 강연 자리에서는 내가 주로 말하게 되지만, 글쓰기 워크숍에서 나는 주로 듣는다. 그 점이 좋다. 내가 모르는 세계를 진솔하게 드러내는 사람들 속에서 감각이 열리는 충만함. 그 충만함에 더해 모두가 성실하게 글을 쓰고, 자신의 감각을 정확하게 전달하게 되는 과정을 함께하는 기쁨도 크다.

마지막 시간, 각자가 준비한 맛있는 간식을 먹으며 지난 6주 동안 수고했다고 서로를 다독였다. "글을 쓰며 어두운 동굴을 통과한 느낌이에요. 꼭 통과했어야 할 동굴을요." "지난겨울 힘든 시간을 보냈는데, 엉켜 있던 두려움을 글을 쓰면서 하나하나 풀어보니 전처럼 실체 없는 불안이 아니게 되었어요." "힘들어도 마감이 있어서 쓰게 됐어요." "누구에게도 꺼내지 못했던 말을 할 수 있었어요." "살아오면서 비슷한 또래 집단 속에서만 지냈는데 다양한 사람들 속에서 배운 게 많아요." "모두가 진솔하고 수용적이었기 때문에 제가 글을 쓸 수 있었어요."

우리가 나눈 대화 속에 한 사람이 글을 쓰게 되는 순간이 담겨 있다. 솔직한 글을 쓰는 누군가의 용기에 나도 덩달아 솔직해질 수 있고, 글을 읽어주는 독자가 있으니 쓰는 재미가 생긴다. '길을 잃는' 독서와 대화를 통해 관점을 열고, 사유를 다듬으며 내 경험을 해석할 수 있다. 고통을 직면하면서 상처가 상처로만 남지 않는 순간을 경험하고, 내가 하게 될 줄 몰랐던 생각에 닿으며 쓰는 맛을 알아간다.

초등학교 교사인 E는 '이런 관계'가 가능할 줄 몰랐다고 말했다. '이런 관계' 속에서 무럭무럭 성장했던 나는 이런 관계를 공유할 수 있어서 정말 다행이라고 생각했다. 자신의 위치를 가늠하며 내가 누리는 권력에 대한 윤리적 수치심을 공유하고, 상처를 외면하지 않고 정직한 절망을 나누는 관계. 다양한 삶의 방식을 상상하고, 살아갈 힘을 주는 관계. 함께 흔들리는 아픔의 공동체. 아, 소중한 것을 표현할 언어는 언제나 부족하다. 그래도 몸으로 느낀 감각만은 생생하다.

모임 초반에 "퇴고하는 거 너무 힘들어요. 이렇게 힘든데 글은 왜 써야 하나요?"라고 묻던 이가 이번 모임이 끝나고 글을 남겼다. "그런 이해와 공감을 처음 느끼면서 글쓰기에 대한 욕심이 좀 더 커지는 것 같아요." 그의 변화에는 이해와 공감이 있었고, 그것은 내가 글을 쓸 수 있었던 동력이기도 했다. 나는 우리의 처음과 지금 사이에 쌓인 말들을 떠올리며 내가 배운 감각을 거듭 되새긴다.

차별 앞에서
고개 드는 법

나는 부반장 승훈이가 미웠다. 열한 살, 서울에서 춘천으로 전학 가고 얼마 후 얼떨결에 반장이 되었다. 같은 반 친구들은 나를 '서울에서 온 애'라고 부르며 특별하게 보았다. 내향적이었던 나는 맡은 역할에 최선을 다하려고 집에서 큰 소리로 "차렷, 경례!"를 연습했다. 목소리를 크게 내는 일에는 조금씩 익숙해졌지만, 나는 채 두 달이 안 돼서 반장 말고 눈에 안 띄는 37번이 되고 싶었다.

부반장 승훈이의 어머니는 자주 학교로 아이스크림이

나 피자 같은 간식을 보냈다. 체육대회나 학부모회에도 적극적이었다. 선생님은 간식을 앞에 두고 뿌듯한 표정으로 말했다. "이거 부반장 어머니가 보내주신 거야. 승훈이에게 고맙다고 하고 먹어." 애들은 "우와 부반장 최고!"라며 신나게 간식을 먹었다. 나도 앞에 놓인 음식을 맛있게 먹었지만 그때마다 속이 울렁거렸다. 아무런 간식을 준비하지 않은 내가 반장이라고 불리는 게 잘못된 일처럼 느껴졌다. 엄마와 아빠는 이혼을 앞두고 있었고, 내 학교생활에 관심 가질 여력이 없었다. 학교에서 친구들 사이의 권력이 부모의 '관심력'과 '간식력'으로 생긴다는 사실은 열한 살의 나도 알 수 있었다. 2학기가 시작된 어느 날, 선생님은 나를 보며 말했다. "휴, 승은아. 넌 어쩌다 반장이 되어서." 반장이 될 자격이 없다던 선생님의 말은 내가 부모에게 충분한 관심을 받지 못한다는 사실을 정확하게 확인해준 말이었다.

열다섯 살, 내 친구의 옷을 빌려 가서 돌려주지 않는 옆반 애에게 "그거 얼른 돌려주면 좋겠어. 그 옷 친구 언니 건데, 네가 안 돌려줘서 친구가 곤란해해"라고 말한 적이 있다. 그날 오후 그 애는 나를 화장실로 불러서 앞으로 조심하라는 의미심장한 말을 남기고 돌아섰다. 그때 한 친구가

"야, 너 큰일 날 뻔했어. 쟤 유명한 일진이잖아. 쟤가 너 모범생처럼 보여서 너희 엄마가 난리 칠까 봐 안 건드렸대. 앞으로 진짜 조심해. 알았지?"라며 호들갑 떨었다. 그때 나는 안심했고, 내 뒤에 보이지 않는 권력이 나를 폭력으로부터 보호해줬다는 사실이 믿기지 않았다. 당시 부모님은 이혼한 상태였고 우리 집에는 엄마가 없었는데, 부모가 있어 보인다는 사실이, 부모가 보호하는 자식처럼 보인다는 사실이 나를 보호한 거였다. 열한 살 때와는 또 다른 감각이었다.

살면서 나를 둘러싼 배경을 떠올린다. 그 번외의 것들이 가끔은 나보다 더 큰 역할을 한다. 아니, 그것들은 쉽게 나로 여겨져서 어쩔 수 없이 밀려나거나 나도 모르는 새 권력을 얻기도 한다. 학교에서는 외모와 성적, 학부모의 입김이 큰 작용을 했고, 학교 밖에서는 학력과 다닌 학교의 이름(학벌)이 나를 감싼다. 그 배경에는 지금의 직업과 그로 가늠되는 연봉이 추가되고, 성별과 성적 지향, 인종, 지역, 나이, 장애 유무와 건강 상태도 겹겹이 연결되어 나를 설명한다. 물론, 학교 밖에서도 부모의 계급이나 '정상성'이 여전히 영향을 미친다.

그래서 글을 쓰거나 말할 때, 부모의 이혼 사실을 굳이 밝히지 말라는 조언을 들었나 보다. 정신과에 다니며 꼬박꼬박 우울증 약을 먹는다는 사실을, 고등학교를 중퇴하고 전문대를 나온 학력을 숨기라고 들었나 보다. 공적인 자리에서는 '여성스럽게' 말하지 말고 바지를 입으라고, 덜 웃으라고 들었나 보다. 모든 조언은 내가 나인 게 잘못이라고 말하고 있다. '마이너스가 될 배경은 삭제하고, 그럴듯하게 자신을 포장하세요. 그래야 안전할 테니까요.'

언젠가 직장에 다니는 나무가 말한 적이 있다. "회사에서 저를 처음 보는 사람들은 제가 20대 여성이라는 이유로 무시하곤 해요. 회의 때도 제 말을 제대로 안 듣는 게 티가 나요. 그러면 저는 회사 사람들이 지나다닐 때, 일부러 유창하게 영어 뉴스를 읽거나 제가 나온 대학 정보를 슬쩍 흘려요. 그걸 들으면 사람들이 무시를 안 해요. 씁쓸한데, 그렇게라도 해야 제 발언에 힘이 실리는 거예요. 근데 결국 이것도 제가 차별받지 않으려고 다른 위계를 이용하는 거잖아요. 그래서 자주 혼란스러워요. 참 웃기죠?" 나는 나무의 말에 고개를 끄덕이면서 함께 쓴웃음을 지었다.

쓴웃음을 짓게 되는 순간은 꽤 많다. 식당에서 아르바

이트 노동자에게 입힌 '저도 누군가의 소중한 자식입니다'
라는 티셔츠를 볼 때, 가정의 달에는 부모에게 안마의자나
보일러를 꼭 선물하라며 화목한 중산층 가정을 연출하는 모
습을 볼 때. 그런 일상적인 순간마다 나는 쓴웃음이 난다.
그 모든 메시지가 가족을 경유해야만 우리는 서로에게 다정
할 수 있으며, 그 제한적인 '정상' 가족은 안마의자쯤은 선
물할 수 있는 계급이어야 한다는 전제가 압박으로 느껴지기
때문이다.

　　나와 한 몸이 된 배경들. 선택하거나 선택할 수 없던 배
경들을 떠올린다. 껌처럼 뗄 수 없는 그것들을 안고 우리는
어떻게 자신을 신뢰하고 신뢰받으며 살아갈 수 있을까. 촘
촘하게 엮인 차별을 피하는 일은 애초에 불가능하지 않을
까? 익숙해진 회의감이 올라올 때면, 나는 영화 〈삼진그룹
영어토익반〉의 이자영을 떠올린다. 입사 8년 차 자영과 동
료들은 회사에서 신분제의 상징 같은 유니폼을 입는다. 고
졸 여사원에게만 입히는 낙인이다. 유니폼을 입으면 아무리
오래 일해도 커피 타는 기술 외에 다른 능력을 펼칠 기회를
얻지 못한다.

우연히 기업의 비리를 알게 된 자영과 동료들은 망설인다. 내가, 우리가 뭘 할 수 있겠어. 익숙하게 몸을 낮추던 자영의 마음을 바꾼 건, 자신이 몸담은 회사 때문에 생명까지 위태로워진 시골 마을 사람들, 그리고 우연히 들른 대학에서 본 대자보였다. '저항하자'는 목소리가 담긴 글 앞에서 자영은 주먹을 꽉 쥔다. 자기가 경험한 차별과 다른 이가 경험하는 차별이 어떻게 연결되어 있는지 기억하며 끝까지 저항한다. 자영은 자기처럼 작은 존재들, 소외된 '개미'들과 힘을 모은다. 그들과 거미줄처럼 연대해서 부정한 권력을 내려앉히고, 변화를 만든다. 자영의 이야기는 거대한 차별의 세계에서 자신을 신뢰하는 법을 알려주는 이야기이다.

오랫동안 차별에 노출되면 우는 법을 잊어버린다. 차별하지 말라고 외치기보다 자책에 익숙해진다. 그럴 만하다고, 세상은 원래 이 모양이라고 체념하게 된다. 그래서 나는 자기의 경험을 차별이라고 표현하는 누군가의 울먹임이 세상에서 가장 단단한 목소리로 들린다. 고용 성차별을 고발하고, 장애인 이동권을 주장하고, 퀴어문화축제에서 함께 춤추고, 혈연과 혼인 중심의 가족제도에 변화를 요구하는 이들. 일상에서 마주하는 긴장감과 부대낌이 단지 내 문제가 아니라 우리를 둘러싼 구조에서 비롯되었다는 사실을 알아차린 이들. 익숙하게 몸을 웅크리다가 불현듯 고개를 들고 주먹을 꽉 쥐는 이들. 각종 잣대로 존엄의 기준을 구분하는 이 사회에서 누구도 차별을 비껴갈 수 없다는 걸, 차별은 '그들'의 문제가 아니라 '우리 모두'의 문제라는 걸 알고 연대하는 이들.

그들 곁에 개미처럼 서기 위해 핸드폰 화면 속 작은 창에서 청원 동의를 클릭했다. 2021년 5월 24일에 시작된 차별금지법 제정 촉구 국민청원이다. 하루 만에 2만 명이 참여했고, 닷새 만에 5만여 명이 참여했다. 차별금지법 제정은 누구도 피할 수 없는 차별의 연쇄를 멈추고, 평등의 토대를 만들기 위한 기초적인 작업이다. 청원 참여 숫자가 올라가는 걸 보면서 나는 상상했다. 나중으로 밀리거나 환상으로 여겨진 세계를 지금 당장 살아갈 우리의 모습을. 내가 나라는 이유로 웅크리지 않아도 괜찮은 일상을 살아갈 지금을 상상했다.

포기하지 않는 마음

순천의 작은 책방 '그냥과 보통'에서 북토크를 할 때, 누군가 글을 쓰는 이유를 물었다. 나는 존재가 납작해지지 않기 위해서요, 라고 대답했다. 여성, 청년, 이혼가정, 검정고시 등 내게는 파편적인 일부가 나의 전부인 듯 납작하게 바라보고 대하는 사람들의 간편한 인식이 싫어서, 나라는 존재가 얼마나 입체적인지 직접 말하고 싶어서 글을 쓴다고 했다. 더불어 내가 마주하는 당신과 우리의 입체성을 드러내고 싶어서 쓴다고 했다.

그런데 정작 글을 읽길 바라는 사람은 잘 읽지 않는다. 허탈한 깨달음이다. 길에서 담배를 피울 때 곁에 있는 남성들은 무시하고 나만 째려보며 지나간 아저씨를 쫓아가서 내가 여성이라는 이유로 담배 피우는 것을 위협적으로 바라보는 시선이 잘못이라고 알려줄 수 없고, 소수자의 권리를 담은 글마다 똑같은 악플을 도배하는 이들을 찾아가서 부디 이 글을 다시 천천히 읽어달라고 부탁할 수도 없다.

내가 가장 절망적이었던 순간은 그래도 다를 거라고 믿었던 조직이나 관계에서 느끼는 폭력, 배제, 인식의 차이였다. 다행히 정직한 절망이 필요하다는 사실을 느끼고 절망과 함께하는 법을 배우는 중인데, 강연을 찾는 사람들은 대부분 나와 비슷한 고민을 안고 있다.

서울의 한 대안학교에 가는 길, 나를 초대한 선생님에게 장문의 메시지를 받았다. 다른 방식의 교육을 꿈꾸며 대안학교 교사가 되었는데, 평소 학내에서 존경하고 좋아했던 선생님들과 페미니즘에서 큰 간극을 느껴 괴롭다는 내용이었다. 도착한 학교에는 50여 명의 학생과 열 명의 선생님이 있었다. 애석하게도 정작 강연을 듣고 이야기를 나누어야 하는 선생님(학생들 표현으로는 '진보 마초')은 한 명도 오지 않았다. 나에게 메시지를 보낸 선생님은 질의응답 시간에 끝내 눈물을 보였다.

강연을 찾은 학생들도 마찬가지였다. 아무리 차별적인 문화를 알려줘도 "전문가가 그러는데, 그거 차별 아니래"로 쉽게 무시해버리는 같은 반 대다수 학생들의 태도가 답답하다며 어떻게 소통해야 하냐고 물었다.

도서관, 책방, 대안공동체에 갔을 때에도 언제나 비슷한 화두가 나왔다. 사람들은 세상과 소통하는 법을 알고 싶어 했다. 좋아하는 이가 페미니즘 문제에 무감각해서 슬프다는 사람, 가장 친한 친구에게 페미니즘을 어떻게 이해시키면 좋을지 모르겠다는 활동가, 학내에서 진보 마초들과 연대해 운동할 수 있는 방법을 묻는 대학생, 차별적인 언행을 일삼는 동료에게 어떻게 말해줘야 할지 모르겠다는 직장인.

아무리 고유한 경험을 드러내거나 논리적으로 말해도, 심지어 통계를 내밀어도 들으려고 하지 않는 상대방과 어떻게 소통이 가능할까. 그럴 때마다 "페미니즘의 핵심 과제는 여성을 신뢰할 만하고 경청할 만한 존재로 만드는 것이었다"는 리베카 솔닛의 말을 실감하며, 최대한 노력해보자고 말했다. 소통하려고 해도 정 안 되면 "그런 사람들 만나지 말고 말이 통하는 사람만 만나며 살자"고 말하기도 했다. 사실 마지막 말이 솔직한 심정이기도 했다.

하지만 말하고 나서도 찜찜함을 지울 수 없었다. 틀린 말은 아니지만, 철저히 내 세계에서나 가능한 일이었기 때문이다. 나는 마음 맞는 이들과 활동하면서 원하는 형태의 공동체를 이루어 살고 있지만, 모두에게 가능한 조건은 아니다. 또 정말 세상이 변화하려면 그렇게 쉽게 놓을 수 없다는 것도 안다. 다 끊고 살자고 무책임하게 말하고 싶지 않은데, 끊지 말고 노력하자는 말도 때론 무책임하게 느껴진다.

닿을 수 없을 것 같은 아득함에 절망을 느끼지만, 후퇴하기는 어렵다. 이미 알게 된 사실을 망각하고 감각을 죽이는 일보다 차라리 목이 베이더라도 이야기를 하는 게 더 가능한 일이니까. 아마 사람들도 비슷한 심정이지 않을까. 어려움을 느끼면서도 상대에게 어떻게든 닿기 위해 고민하는 모습을 보면, 불합리한 구도에 화가 나면서도 그 마음에서 알 수 없는 위안을 느낀다.

불쑥 고독이 찾아올 때면 받은 편지들을 읽는다. 눈물의 대안학교 강연이 끝난 뒤, 선생님이 편지를 건네주었다. 강연 말미에 진은영 시인의 "목을 베인 그 여자, 아가미 얻었습니다"[11]라는 시구를 인용했는데, 그것을 기억해서 써주신 메시지였다. 절망을 외면하지 말자고 다짐하며 손가락으로 편지를 꽉 쥐었다. 그렇게 어두운 밤을 보냈다.

"목을 베이더라도 아가미를 얻어 많은 친구들과 함께 자유로움을 향해 가고 싶어졌어요. 별처럼 빛나는 말씀 감사해요. 사랑합니다."

파열음이
만드는 세계

"오늘 꽃분 할머니가 엄마 노래를 따라 불렀어. 원래 말을 안 하셨거든. 말씀을 못 하시는 줄 알았는데, 그냥 말하기 싫었던 거였어. 평생 살던 곳을 떠나 낯선 곳에 오게 됐으니까 그럴 수 있지. 요즘엔 할머니 목소리가 듣고 싶어서 일부러 그 방에 가서 노래를 불러.

어제는 할아버지 한 분이 새로 입소하셨어. 그분은 젊을 때 일본으로 유학도 다녀오고, 평생 공부하며 사셨대. 가방에도 책을 잔뜩 싸 오셨어. 슬쩍 보니까 괴테의…… 뭐더라, 《파우스트》? 그런 책을 읽으시더라고.

아, 할머니들이 그러는데 퇴근하는 엄마한테 창밖으로 손을 흔드는 게 하루의 낙이래. 밖에 나오질 못하시니까. 한번은 망원경이 있냐고 물으시는 거야. 창밖으로 보이는 가게들이 궁금하대. 그곳에서 뭘 파는지, 어떤 사람들이 드나드는지 너무 보고 싶대. 그 마음을 아니까 엄마도 퇴근할 때마다 길거리에서 손을 크게 흔들어."

요양보호사로 일하는 엄마는 일터에서 경험하는 소소한 기쁨과 슬픔을 들려준다. 그런 엄마가 나이 들면 요양원에는 가기 싫다고 말했을 때, 나는 짐작하면서도 이유를 물었다.

"여기 오는 분들은 입소할 때 많이들 우셔. 자신이 버려졌다고 생각해. 쓸모없어서 버려졌다고. 아파서 오는 경우도 있지만, 갈 곳이 없어 내몰리듯 오는 경우가 대부분이거든."

외출, 혼자만의 시공간, 친밀감과 애정 표현, 때로는 음식과 화장실까지 제한되는데 어떻게 가고 싶겠냐고 엄마는 되물었다. 기저귀 값 아까우니 음식을 제한하라 지시한 요양원도 있었고, 혼자 화장실을 이용할 수 있는데도 기저귀 착용을 강요하는 곳도 있었다. 엄마를 통해 듣는 요양원의 일상은 여느 사람 사는 곳처럼 다채로운 이야기가 가득했지만, 이야기가 펼쳐지는 무대는 어떤 감정이 끼어들 틈 없는 시설이었다.

뉴스에서 요양원, 정신병원, 장애인 시설의 코로나19 집단감염 소식이 들리면 가슴이 두근거린다. 바이러스에 대한 두려움보다 누군가 10년, 20년, 평생 격리되어 살아왔다는 사실이 선명하게 다가오는 게 두렵다. 정부는 코호트 격리(동일 집단 격리) 조치로 시설 내 집단감염에 대응해왔다. 외부와 차단된 상태에서 확진자와 비확진자를 함께 코호트 격리 하는 것은 감금된 이들을 두 번 감금하는 방식이다. 정부의 대응 아닌 대응 때문에 시설 내 수많은 사람이 코로나19 바이러스에 감염되어 앓거나 사망했다. 한 고위 공무원은 말했다. "(시설 내) 감염자를 선제적으로 찾아내 시민의 불안감을 해소하고, 지역사회 확산 방지에 최선을 다하겠다." 그가 말하는 시민과 지역사회에 시설 안 존재들은 포함되지 않았다.

사회에는 수많은 시설이 있다. 그곳에는 범주화된 존재들이 수용된다. 노숙인, 장애인, 난민, HIV 감염인, 탈가정 청소년. 시설에 입소할 자격 조건은 몇 가지 질문으로 정해진다. "당신은 권리를 존중받을 가치가 있습니까?" "당신은 시민이 될 자격이 있습니까?" 이 이상한 면접에서 탈락하면 삶은 지역사회 바깥의 시설로 밀려난다. 살아가는 동안 면접은 모두에게 진행되기에 권리에 조건이 붙는 한 누구도 시험에서 벗어날 수 없다. 탈시설 운동가들은 오랫동안 말해왔다. 시설이 존재하는 한 우리 모두가 자유로울 수 없다고.

2021년 초봄, 장애인 거주시설 신아원 앞에서 작은 낭독회가 열렸다. 신아원은 코로나 바이러스에 집단감염된 수많은 시설 중 한 곳이었다. 장애계가 신아원 거주인 전원에 대한 긴급 분산 조치 및 긴급 탈시설을 요구하자, 서울시는 거주인 전원을 긴급 분산 조치하고 장애인 탈시설 지원 계획을 수립하겠다고 약속했다. 하지만 긴급 분산 조치 3일 만에 거주인 58명을 재입소하면서 약속을 파기했다.[12] 그날의 낭독회는 '시설사회가 만든 불평등한 코로나19 영향에 분노하는 낭독회, 긴급 탈시설을 촉구하며 시설사회를 깨나

가는 현장에서 만나는 낭독회, 신아원 거주인을 동료 시민으로 맞이하는 낭독회'였다.

장애여성공감 나영정 활동가는 마이크를 잡고 말했다. "나의 삶이 달라지기 위해서는 시설이 없어지고, 없어지는 과정에 내가 참여해야만 하고, 그래야 이 사회가 바뀔 수 있다는 걸 알리고자 목소리를 냅니다."

이후 여러 시민이 한 시간 넘게 돌아가며 책을 읽었다. 그 책이 《시설사회》였다. 책 《시설사회》는 사회에서 격리된 여러 시설을 하나하나 짚으며, 기존의 언어를 해체하며 다르게 묻는다. '존재의 의존성과 취약성은 왜 인간다움과 존엄성으로 설명할 수 없는가? 온전히 홀로 살 수 있는 사람이 있는가? 누구나 돌봄에 기대 살아가지 않는가? 권리의 언어는 어떻게 위험과 안전, 안보를 뛰어넘을 수 있는가? 통제적 돌봄이 아닌, 잘 의존하는 삶은 어떻게 가능한가?' 나는 전국의 시설 앞에서 이 책이 읽히는 상상을 했다. 시설 안과 밖에서 이 문장들이 흐른다면 세계는 어떤 모습이 될까.

다음 해인 2022년 봄, 아무리 외쳐도 잘 들리지 않던 이 문장들이 지하철과 텔레비전, 인터넷을 채웠다. 화두는 장애인 이동권 시위였다. 이동은 삶을 채우는 토대다. 이동이 보장되지 않으면 집은 또 다른 시설이 될 수 있다. 약속 장소에 가기 위해, 노동하기 위해, 병원에서 치료를 받거나 교육을 받을 때도, 여행이나 산책을 할 때도 이동은 필수적이다. 당연한 조건이어서 언급하지 않았던 '이동의 권리'가 누군가에게는 온 힘을 다해 외쳐야 하는 요구였다. 오랜 시간 장애인단체는 이동권을 주장해왔다. 휠체어로 오를 수 있는 저상버스(2019년 기준 전국 저상버스 도입률은 26.5퍼센트에 그친다)를 늘리고, 지하철을 안전하게 이용할 수 있도록 엘리베이터를 설치하라고. 배차 시간을 가늠하기 어려운 장애인 콜택시를 개선하라고. 이동권은 살아가기 위해 꼭 필요한 기본적인 권리라고 말이다. 정권이 몇 번 바뀌어도 제자리를 맴도는 현실 앞에서 장애인단체는 출근 시간에 함께 지하철을 타는 시위를 했다.

쓰면서도 이상하다. 고작 '함께 출근'하는 일이 시위가 될 수 있는 것부터 어딘가 잘못됐다는 의미인데, 지하철 안내 방송은 잘못을 엉뚱한 방향으로 돌렸다. "장애인 여러분의 집단 승하차로 인하여 열차가 많이 늦어져서 선량한 시민이 피해를 보고 있습니다. 손님 여러분께 불편을 끼쳐드

려 대단히 죄송합니다." 이 일로 이준석 국민의힘 원내대표
는 SNS에 장애인단체가 선량한 시민을 볼모로 잡는다며 어
떤 정치적 의도가 있는 게 아니냐고 비난했고, 이에 전국장
애인차별철폐연대 박경석 상임대표가 응수하자 두 사람의
토론회가 텔레비전에서 생중계되었다.

두 사람의 토론을 앞두고 많은 이가 걱정했다. 능숙하
고 현란한 언어, 기존 체제에 어긋남 없이 성장주의적 언어
를 구사하는 이 대표와 일대일로 토론하는 구도가 과연 괜
찮을까 걱정되었기 때문이다. 이런 염려를 듣고 박 대표는
한 언론과의 인터뷰에서 '방송 토론은 놓칠 수 없는 간절한
기회'였다고 말한다. 장애인 당사자가 텔레비전 토론회에
나가 시민들에게 직접 장애인의 현실에 대해 알릴 수 있는
기회를 놓칠 수는 없었다고 했다.

제가 좋아하고 자주 떠올리는 책 구절이 있어요. '목소
리가 없는 자는 없다. 듣지 않는 자, 듣지 않으려는 자가 있
을 뿐이다.'13

그렇게 4월 13일 JTBC 〈썰전〉에서 토론회가 시작되었

다. 그 토론회를 보면서 나는 '소수자는 한 마디의 말을 하기 위해 수많은 주석을 달아야 하는 위치'라는 조애나 러스의 문장을 실감했다. 이 대표는 간단하게 원하는 게 무엇이냐고 물었고, 박 대표는 대답하기 위해 수많은 배경과 맥락을 전달해야 했다. 자연스럽게 권력을 누리면서도 그 사실을 모르는 자와 '시민'에서 배제된 자의 말. 그는 이 대표의 빠른 템포에 휩쓸리지 않으려고 애썼다. "지금 대표님의 말이 빠릅니다. 이 얘기를 하다가 저 얘기로 흐르고, 이렇게 하면 제가 따라가기가 힘듭니다. 지금은 이 문제를 말하고 싶습니다."

나는 박 대표의 말에 집중했다. 그 토론이 누구의 승리인지 실패인지는 하나도 중요하지 않았다. 어떤 방식으로든 고요한 세계에 파열음이 났으니까. 그 파열음이 수많은 감금된 삶을 드러내고 있으니까.

시설과 시설화된 공간에서 맴돌던 말이 세계에 퍼진다. 그렇게 퍼진 언어를 수신한 자의 책임을 생각한다. 수신한 언어로 쌓아갈 세계를 상상한다. 그 세계에서 엄마는 꽃분 할머니를 매일 보지 못할 거다. 할머니는 붙박이장처럼 격리되지 않았을 테니까. 할머니에겐 언제든 외출할 자유, 가까이에서 거리를 구경할 자유, 낯선 사람과 대화할 자유, 우연히 마주칠 자유가 있을 테니까. 두 사람은 벽 너머가 아닌 거리에서 서로 갈 길을 가며 스치듯 인사한다. 꽃분 할머니는 휠체어를 이용하거나 걸음이 느려도 속도에 상관없이 자기 길을 갈 수 있고, 돌아갈 집과 사회의 품이 있다.

부딪치며 넓어지는 중이에요

경주의 한 대학에서 진행하는 소수인권감수성 세미나에 참여했다. 세미나는 일방적인 강연이 아니라 몸을 움직이고, 스킨십하고, 대화하며 감각을 여는 방식이었다. 오후 프로그램이 시작될 때, 강사가 조별 미션을 주었다. "이 사회에 정상/비정상으로 분류되는 집단이 어떤 게 있는지 나눠볼까요? 수도권, 지방이나 비장애인, 장애인처럼 차이가 차별이 되는 모습을 찾아보는 거예요. 사회에 어떤 소수자가 있는지 조별로 이야기 나눠주세요."

나는 20대 초반의 학생 일곱 명과 한 조가 되었다. 어떤 사례가 나올지 기대하며 둘러앉아 이야기를 시작하려는데, 어쩐 일인지 다들 난감한 표정을 짓고 있었다. 경찰학과에 다니는 A가 입을 열었다. "저는 솔직히 뭐가 있는지 잘 모르겠어요. 아직도 차별이 있나요?" 이전 시간에 A는 누구보다 열정적으로 자기소개를 했었다. "저는 어느 조직에서든 리더가 되는 게 꿈이에요. 워런 버핏처럼 훌륭한 리더십을 가진 사람이 되고 싶어요." 알쏭달쏭한 표정을 지으며 고민하는 A 옆에 있던 다른 학생이 말했다. "요즘 같은 시대에 소수자가 있나요?" 그러자 자리에 있던 누군가 "성소수자도 있고, 장애인도 있고, 여성도 있잖아요"라고 말했다. 그 대답을 듣고 A가 말했다. "우리가 북한처럼 독재국가도 아니고 민주주의국가인데, 소수자에 대한 실질적인 차별이 있나요? 소수자는 차별보다 그냥 소외되는 정도 아닌가."

자유로운 소통을 존중하려 말을 아끼려고 했는데, 이대로 대화가 맴돌 것 같아 슬쩍 말을 꺼냈다. "저는 고등학교를 자퇴하고 검정고시 봤어요." 차별은 없다고 말하던 A와 주위 몇몇의 눈이 동그래졌다. 나는 이어서 말했다. "방금

제 얘기 듣고 놀랐죠? 누구나 초, 중, 고, 대학의 정규교육을 받는다고 생각하면 자퇴하거나 검정고시 보거나 학교에 안 다니는 사람은 특이한 사람이 되잖아요. 그 자체가 차별적인 반응 아닐까요? 실제로 사회에 나가도 비슷한 잣대로 차별받아요. 취업에 어려움을 겪는 건 예상 가능하겠지만, 일상적으로도 왜 학교를 그만뒀느냐는 질문 세례부터 문제가 있으니까 그랬을 거라는 편견까지 받아요. 또 하나 예를 들어볼까요? 지금 이곳이 경주에 있는 대학이잖아요. in 서울, 소위 '스카이(서울대·고려대·연세대)'나 '서성한(서강대·성균관대·한양대)'이 아닌 지방에 있는 대학은 '지잡대(지방 하류대)'라고 비하되잖아요. 저는 차별이나 소수집단은 멀리 있는 게 아니라고 생각해요."

내 얘기가 끝나자마자 침묵을 지키던 A가 입을 열었다. 자신은 부산 출신이어서 억양에 사투리가 배어 있는데, 촌티 난다고 놀리거나 고치라고 조언하는 사람들 때문에 발음교정을 해왔다고 했다. A를 시작으로 도미노가 퍼지듯 소외된 경험이 흘러나왔다. 머리카락을 짧게 자른 뒤에 '남자냐 여자냐' 묻는 사람들의 질문이 불편했다는 학생, 지방대학에 다닌다고 무시당해서 학교 이름을 숨긴 적이 있다는 학생, 학창 시절 같은 반 다문화가정 친구를 놀렸던 게 떠오른다는 학생, 어린 시절 몸이 약해서 집과 학교에서 폭력을 당했다는 학생.

한 학생이 말했다. "아까 성소수자가 사회에서 차별받지 않는다고 하셨는데, 동성 결혼도 아직 법제화되지 못했잖아요. 여성의 낙태죄(이때는 낙태죄가 남아 있던 때였으나 2021년 1월 1일부터 낙태죄가 효력을 잃었다)도 마찬가지고요. 그런 것들 생각하면 오히려 차별이 없다고 생각하는 게 가장 큰 차별인 거 같아요."

학생들은 자신이 겪은 차별을 넘어 타인이 겪는 차별을 공감하려고 노력했다. 나는 학생들의 빠른 몰입과 확장을 곁에서 보았다. 조금 전까지만 해도 민주주의국가에서 무슨 차별이 있느냐고 말하던 학생들이 이제는 사회 곳곳의 차별을 직시하고 어떻게 하면 차별이 사라질 수 있을지 진지하게 고민하고 있었다.

학생들의 변화를 바라보며 침묵과 무지가 어떻게 차별이 되는지 생각했다. 위인전이나 사회적으로 거론되는 멘토의 대부분은 사회에서 '성공한' 사람이다. 사회가 인정하는 성공의 기준은 무척 협소해서, 그들의 삶을 욕망하도록 교육받은 사람들의 시선은 언제나 위를 향할 수밖에 없다. 교육에서 한 번도 소수성과 차별을 보고 듣고 배우지 못했기에 자연스럽게 이 사회에 차별이, 나아가 차별받는 사람이 '없다'고 느낀다.

이후 조별 과정은 시간이 부족할 정도로 뜨겁게 진행되었다. 학생들은 스스로 질문을 던졌다. 차별에 무지하게 만든 것은 누구인가. 차별은 어떻게 연쇄되는가. 어떻게 끊어낼 수 있을까. 뚜렷한 정답이 없는 무거운 질문을 들고 오래 대화를 나눈 우리는 추상적이지만 가장 정확한 진단을 내렸다. 법과 제도, 체계를 바꾸는 일에 힘쓰는 만큼, 보이지 않는 존재, 보이지 않는 차별이 더 보이고 들리기 위해 미디어와 주위 환경이 바뀌어야 한다고. 그러기 위해 나부터 듣고 말해야 한다고. 우리가 각자의 위치에서 어떤 실천을 할 수 있을지 계속 고민하고 나누자고.

우리의 머리를 네모로 만드는 것은 누구일까. 왜 우리는 각진 세계에서 서로의 존재를 삭제하며 살아갈까. 어떻게 하면 네모가 아닌 흐물흐물한 본연의 모습으로 연립하며 살아갈 수 있을까. 내가 할 수 있는 일은 무엇일까.

몇 년이 지난 지금도 나는 경주에서의 그 시간을 종종 떠올린다. 자신이 모른다는 사실을 알게 되었을 때, 사람이 어떻게 변화되는지 보았기 때문이다. '알면 사랑하고 모르면 혐오한다'는 은유 작가의 말은 언제든 우리가 더 나은 사람이 될 수 있다는 희망을 전제하고 있다.

얼마 전, '말하는 여성 작가들' 토크쇼에 참여했다. 그곳에서 쓰고 말하며 내가 달라진 점이 있다면 무엇인지 들려달라는 질문을 받았다. 나는 이렇게 답했다.

"일단 제가 달라졌어요. 상처로 여겼던 경험이 자긍심이 되기도, 다른 질문을 던질 힘이 되기도 했어요. 제 경험을 다르게 해석하는 과정에서 저를 돌봤고요. 이야기를 통해 비슷한 고민을 하는 동료들도 돌볼 수 있었다고 생각해요. 또, 제가 뱉는 말과 글이 실제 저보다 훨씬 나을 때가 많거든요. 적어도 뱉은 말을 책임지기 위해서 계속 성찰하고 고민하게 돼요. 좋은 사람이 글을 쓰기보단 글을 쓰면서 더 나은 사람이 되려고 애쓰는 거라 믿어요. 저는 제가 뱉는 언어로 집을 짓는 중이라고 생각해요. 표현하다 보니 지금 곁에 있는 동료들도 만날 수 있었고요. 변하지 않을 것 같던 아빠도 아주 조금씩 변하고 있어요. 함부로 평가하지 않고 다양한 상상력을 갖고 살아가려는 관계 속에 지내는 건, 계속 쓰고 말하며 연결된 일이라고 생각해요."

경주에서의 그날을 떠올리면 아래의 이야기를 덧붙이고 싶다.

"표현하는 일은 내 한계를 드러내는 일이기도 하잖아요. 나는 내가 아는 만큼만 표현할 수 있으니까, 내 인식의 경계를 확인하는 과정이기도 해요. 한계에서 멈추지 않기 위해서 우리는 계속 쓰고 읽고 말하고 듣는 거 아닐까요? 제가 제 이야기를 하기 시작하면서 당신의 이야기에 몸을 바짝 당겨 앉게 된 이유는 그 때문이에요. 서로의 한계가 만나 연립하는 순간을 믿어서요. 우리는 부딪치며 넓어지는 중이에요."

가정법의
시간

강연장에 들어간다. 주위를 훑어본다. 여러 사람 속에서 나는 나를 미워할 것 같은 사람을 기필코 찾아내고야 만다. 그러지 않으려고 노력해도 특히 남성으로 보이는 사람이 있으면 신경이 쓰인다. 내 이야기를 들으러 오는 이들은 주로 여성으로 보이는 사람들이었는데, 내 데이터에서 벗어난 인물이 보이면 경계심이 작동한다. 그래봤자 그가 남성인지, 여성인지, 어떤 성별로 자기를 정체화하는지 나는 알지도 못하면서 머리는 순간적으로 판단을 끝낸다.

내가 말하는 중에 "강사님은 너무 치우쳐 있네요", "작가님은 그런 사적인 얘기를 털어놓는 게 부끄럽지도 않아요?"라며 비난 어린 조언을 하거나, 펜을 던지거나 한숨 쉬거나 의자를 발로 차고 나가버리는 상황을 비슷한 인상착의의 사람에게 경험한 뒤로 두려움이 생겼다. 어쩌면 강연장 밖에서도 겪어왔던 무례한 사람 정보의 빅데이터가 생긴 것인지도.

내 예상은 가끔 맞고, 자주 틀린다. 통영의 작은 책방에 북토크를 갔을 때, 여러 사람 속에서 고개 한번 끄덕이지 않고 나를 주시하는 한 사람의 시선에 곤두서 있었다. 말하는 동안 의식하지 않으려고 일부러 시선을 피하기도했다. 질의응답 시간, 그가 손을 들었을 때 나는 침을 꼴깍 삼켰다. 마음이 분주했다. 내가 들어온 다양한 공격적인 질문을 떠올리고, 어떻게 대처할지 머리를 굴리고 있었다. 그는 말했다.

"저는 페미니즘을 모르고 살아온 남성입니다. 결혼한 지 20년이 넘었습니다. 작가님의 책을 읽으면서, 뭐랄까, 어딘가가 욱신거리는 느낌이 들었어요. 지난 시간을 돌아보게 되었습니다. 그 뒤로 일상의 작은 부분부터 바꾸려고 노력

142

하고 있어요. 천천히, 꼼꼼하게 돌보고 가사노동하는 법을 이제야 배웁니다. 부끄럽지만, 조금씩 바꾸고 싶어요."

예상치 못한 이야기 앞에서 얼굴이 화끈거렸다. 입으로는 "감사합니다, 선생님"이라고 답하고 있었지만, 속으로는 '제가 더 부끄럽습니다. 저에게는 깨야 할 부분이 많네요'라고 중얼거리고 있었다.

비슷한 순간은 꽤 많았다. 어느 지역 교사 연수에서 페미니즘 글쓰기 수업을 진행할 때, 한 선생님이 나와 한 번도 눈을 마주치지 않고 고개 숙여 책상 위 프린트물만 보고 있었다. 나는 그를 의식하지 않으려고 노력하며 의식하고 있었다. 쉬는 시간, 그가 성큼성큼 나에게 다가왔다. 멈칫하고 경계 모드를 작동한 나와 다르게 그는 호의적인 눈빛으로 물었다. "작가님, 저희 학생들에게도 수업을 들려주고 싶은데, 혹시 어디로 연락을 드리면 괜찮을까요?" 나는 당황한 티를 숨기고 바로 메일 주소를 적었다. 그리고 감사하다고 (사실은 죄송하다고 말하고 싶었다) 거듭 말했다.

작은 책방에서 글쓰기 수업을 시작하던 오래전 여름도 떠오른다. 한 사람이 수업하는 내내 무표정한 얼굴로 나를 바라봤다. 시선을 의식하며 '나 지금 잘못하고 있는 건가?' 생각하다가 자꾸 말이 꼬였다. 돌아가며 첫 수업 소감을 나눌 때, 그는 말했다. "저도 탈학교 청소년이었어요. 책을 읽으면서 나와 비슷한 경험을 한 사람이 자기 이야기를 다르게 해석하는 게 흥미로웠어요. 그래서 수업을 꼭 듣고 싶었어요." 이후 나는 그와 마음을 주고받는 가까운 동료가 되었다.

사랑받고 싶은 마음. 나를 미워하는 상대를 내가 먼저 미워해야 덜 상처받을 거라는 방어. 내 상상 속 두려움 때문에 나는 먼저 벽을 친다. 그 일이 현실로 일어나면 '그럴 줄 알았지'라며 의심을 합리적이라고 위안 삼지만, 내가 틀리는 순간이 더 많다. 그때마다 아직 멀었구나 싶다. 어떻게 하면 덜 오해할 수 있을까. 두려움을 구석으로 내몰고 소통의 희망을 품을 수 있을까. 진심으로 궁금해진다.

내 두려움이 불통으로 이어지는 순간을 경계하고 싶을 때면 동료들의 말을 떠올린다. 동료 작가 송은 나와 비슷한 경험을 들려준 적이 있다. 한번은 글 수업을 진행하는데 유독 잘 웃지도, 표현하지도 않는 수강생이 있었다. 송은 혹시 자기가 준비한 이야기가 재미없는지, 그가 억지로 이 자리에 온 건 아닌지 신경이 쓰였다고 한다. 하지만 회를 거듭할수록 이런 걱정이 오해였다는 사실을 알게 되었다. 그는 낯가림이 있었을 뿐 꾸준히 글을 썼고, 최선을 다해 수업에 임하고 있었다. 송은 그 뒤로 자기가 얼마든지 오해할 수 있음을 기억하려고 노력한다고 했다.

"각자만의 상황과 성향이 다르니까요. 제 예상이 틀릴 수 있다는 걸 알아차리는 게 제일 중요한 것 같아요. 미리 재단하지 않기."

영은 차별금지법 제정과 낙태죄 폐지, 포괄적 성교육 입법 등 다양한 소수자의 권리를 거리와 강단에서 오랜 시간 표현한 활동가다. 가까운 거리에 살며 서로를 살뜰히 챙기는 다정한 이웃 주민인 영과 새해를 맞이해 오랜만에 집에서 모였다. 맛있는 저녁을 먹고 부른 배를 두드리며 담소를 나누다가 영에게 물었다.

"영은 말할 때 두려운 적 없어요? 특히 강연할 때 누가 봐도 나에게 적의를 품은 사람이 있다고 느껴지면 어떻게 대처하세요?"

"그런 순간 정말 많았죠. 그럴 때 괜히 그 한 사람을 신경 쓰느라 정작 이야기에 집중하는 여러 사람을 신경 못 쓰는 경우도 생기잖아요. 예전에 한 번 그랬던 경험이 있어서, 이제는 그러지 않으려고 노력해요. 게다가 그 한 사람이 나에게 어떤 마음인지 알지도 못하는데요. 일단 내 예상은 접어두고, 내가 할 이야기에 집중하려고 노력해요.

저는 적의를 구체적으로 쪼개서 생각해요. 이 사람이 정말 궁금해서 표현하는 건데 그게 공격적으로 느껴진다면, 저는 궁금해하는 마음에 집중해요. 최선을 다해서 대화하려고 노력해요.

그게 아니라 대충 분위기 흐리려는 태도를 보일 경우에는 저도 힘은 최대한 덜 쓰지만, 그래도 소통하려는 노력을 포기하지는 않는 것 같아요. 음, 그런 순간이면 뭐랄까……이런 마음으로 말해요. 에잇, 살다가 언젠가 내 말이 떠올라라! 지금 당장은 아니더라도, 그 사람에게 언젠가 제 말이 절실해지는, 필요해지는, 문득 떠오르는 순간이 있겠죠. 그런 심정으로 말해요."

송과 영의 말을 곱씹는다. 나는 오해한다. 쉽게 오해한다. 두려움은 오해일 수도, 아닐 수도 있다. 미움도, 적의도, 분노도 오해일 수 있다. 설사 그게 오해가 아닌 진실이어도 나에게는 소통할 기회가 있다. 그 기회를 겁이 난다는 이유로 미리 차단하고 싶지 않다. 일단 진심으로 표현한다. 언젠가 상대에게 내 말이 '문득 떠오르는 순간'이 있을지도 모른다는 마음으로. 샤워하다가, 밥 먹다가, 변기에 앉아 있다가, 혹은 자기와 사랑하는 이들이 차별이라는 벽 앞에서 멈칫하거나 다쳤을 때. 어떤 순간이든 그에게 이 말이 절실해지는 순간이 있을 수 있다. 그 가정법을 안고 계속 말한다. 우리는 서로를 오해하고 쉽게 두려워하지만, 결국 우리가 연결되어 있다는 사실을 함께 느끼는 순간은 온다. 내 오해가 깨졌던 순간들처럼, 내 두려움이 억측에 불과하다는 사실을 알아차렸을 때처럼. 그렇게 두려움과 오해를 넘어 말을 건넨다.

강단에 설
자격

한 도서관에서 교사 글쓰기 연수가 계획된 지난여름, 나는 20분 전에 강연장에 도착했다. 강연을 시작하기 전에 몇 가지 식의 순서가 정해져 있었는데, 사회자가 오늘 강연의 취지를 말하고, 그다음에 도서관장의 축사가 시작되었다. 도서관장으로 보이는 분은 정장을 입고 여유로운 표정으로 마이크를 잡았다. 그분은 굵은 목소리로 선생님들의 연수가 무사히 진행되길 바란다면서 축하 인사를 건넸다. 5분이 지났을까, 그가 나를 보면서 말했다.

"아, 이렇게 젊은 여성이 오늘 선생님들에게 교육을 하는군요. 생각보다 더 어려서 놀랐네요." 그 말에 나는 앉은 자리에서 반사적으로 대꾸했다. "제가 생각보다 그렇게 어리진 않습니다." 그러자 그는 당황한 웃음을 지으며 말했다. "그렇다고 하네요."

마음이 복잡했다. 그가 나를 보던 눈빛, 경력 많은 선생님들이 어린 내 이야기를 다섯 시간이나 들어야 한다는 걸 상기하던 뉘앙스. 이 사회에서 나이와 성별은 너무 쉽게 겉모습으로 판단되고, 그게 신뢰와 권위를 좌우한다는 걸 여러 경험을 통해 익혀왔다. 바로 대꾸하길 잘했다고 생각하면서도 후회됐다. '그렇게 어리진 않다'고 말하기보다, "네. 저는 어립니다. 그래서 문제 될 게 있나요?"라고 말했다면 좋았을걸.

한번은 독서 모임 단체에서 모임을 진행하다가 땀을 삐질삐질 흘린 적이 있다. 그날은 비장애인 중심 세계에서 장애인이 어떤 차별을 겪는지 책을 통해 이야기 나누는 자리였는데, 참여한 대부분의 사람이 공격적으로 물었다. "장애인을 왜 차별하면 안 되죠? 차별은 인간의 본성 아닌가요?"

"저는 인도 사람들이 싫어요. 저한테 김치 냄새 난다고 누가 차별해도 저는 그 차별을 존중할 거예요." "인권 같은 추상적인 얘기 말고, 정량적으로 국가에 왜 그들이 필요한지 이유를 얘기해보세요." 나는 어디에서부터 잘못된 건지 모르겠는 막연함과 슬픔과 분노를 안고 터덜터덜 집으로 돌아왔다. 그날의 기억을 소수에게만 보이도록 SNS에 기록했는데, 오랫동안 인권 활동을 한 선배가 댓글을 달았다.

"이런 말 조심스럽지만, 아마 승은이 젊은 여성으로 보여서 더 그랬을 가능성이 높아요. 많은 여성이 리더가 되거나 강단에 서면 그런 식으로 위협을 당하고, 대놓고 무시당하는 경우가 있거든요. 저도 그랬고요. 그들의 반응 자체가 차별을 어떻게 체화하고 있는지 보여주는 사례네요."

그간 내가 경험한 상황이 하나하나 떠올랐다. 페미니즘 강연을 하는 도중에 한숨과 욕을 뱉으며 바닥으로 펜을 던져버리던 누군가의 모습. 모자와 마스크로 얼굴을 푹 가리고 질의응답 시간에 "남자와 여자 편 가르기를 하지 말라"고 '조언'하던 사람. 그는 강연 중간중간 내 얼굴을 사진으로 찍었고, 한동안 나는 내 신상을 걱정했다. 강연 도중에

"저는 여성이 아름다워서 사랑해요. 작가님은 사랑을 모르는군요"라고 말하더니 끝나자마자 의자를 발로 뻥 차고 나가던 사람. 그때 나는 조금 눈물이 날 것 같았고, 주위 사람들은 내가 집에 가는 길이 위험할 수 있다며 배웅해주었다. 기독교 대학에 페미니즘 강연을 갔을 땐, 수십 명의 학생과 몇 명의 교수가 뒤에 서서 '남녀 분열 조장하는 페미니즘 반대', '자유 섹스 허락하는 페미니즘 반대' 같은 피켓을 들고 자꾸 내 말을 끊었던 장면도 떠오른다. 그 대학에서 강연을 한 뒤에, 누군가 대학 대나무 숲에 이런 글을 남겼다. '홍승은 씨는 학력으로 보나 뭐로 보나 강사 자격이 안 되는데, 왜 그런 사람을 두 번이나 학교로 초대한 겁니까?' 어느 중학교에서는 강연을 며칠 앞두고 교장 선생님이 내가 임신중지 경험을 공개적으로 썼다는 사실을 알고는 '학생들에게 안 좋은 영향을 줄 수 있다'며 인원을 소수로 조정하는 일도 있었다.

나이, 학벌, 성별, 내 경험. 그 모든 게 당신은 강단에 설 자격이 없다고 소리친다. 그 소리가 내 몸과 삶을 둘러싸는 순간은 아무리 반복돼도 괜찮아지지 않는다. 이런 모든 위협이 내가 강단에 서기 전에도 익숙하게 경험한 차별이라는 것도 안다. 마이크를 잡지 않아도, 이미 나는 그들의 시선에서 재단되고 조각조각 해부되고 있었으니까.

충청도에서 성평등 교육을 진행하는 선생님들을 만난 적이 있다. 한 분이 말했다. "저는 요즘 일을 쉬고 있어요. 반감을 가진 학생들에게 교육하다 보니까 폭력적인 언행을 자주 접하는데, 그럴 때마다 상처가 생기더라고요. 무대에 서기가 너무 무서워서 몇 달간 쉴 예정이에요. 한번은 한 학생이 비꼬면서 말하더라고요. '선생님, 키가 너무 작아서 교탁에 가려져서 안 보이는데요?' 그때 저는 물었어요. '이 교탁이 누구의 신체를 기준으로 만들어진 건 줄 아나요? 그 기준을 바꾸는 일이 제가 하는 일이에요.'"

그 선생님의 이야기를 들으며 두 가지 생각을 했다. 강연 노동자가 피해를 입었을 때 산업재해가 인정되었으면 좋겠다는 바람. 온갖 공격에도 불구하고 다른 질문을 당당하게 건네는 사람이 되고 싶다는 바람.

아마 앞으로도 나는 예상치 못한 위험에 노출될 거다. 당신이 뭔데 마이크를 잡느냐는 질타를 들을 거다. 그때 나는, 나를 포함해 그곳에서 함께 떨고 있을 누군가를 보호하는 데 최선을 다하고 싶다. 손에 땀이 흥건해져도 마이크를 꽉 잡고, 그들이 일컫는 '불완전한 자격'으로 강단에 올라간 다. 크게 심호흡하고 입을 뗄 거다.

"당신이 나를 보는 시선이 나를 이 자리에 세웠습니다. 이제 제가 말하겠습니다."

사랑 없는 그곳에서 사랑을 말하다

처음 H 대학에 초대받았을 때, 주제가 '성노동과 페미니즘'이라 설렜다. 논쟁적이고 금기로 여겨지는 이야기를 꺼내는 자리가 대표적인 보수 기독교 대학이라는 게 우연치곤 재미있다고 생각했다. 그런 만큼 절실하게 필요한 자리라고도 생각했다. 아직도 '혼전순결 서약'을 하는 H 대학에서 성노동, 임신중지, 성적 권리와 성평등을 나누면 사람들이 어떻게 받아들일까. 작은 변화를 기대하며 대담을 준비했다.

함께하는 이가 칼리 작가(이하 칼리)와 임옥희 교수(이하 임 교수)인 점도 그랬다. 칼리가 임신중지 수술을 받은 뒤 일주일 만에 잠적한 전 애인에게 그 일을 문제 삼자, 그와 그의 페미니스트 엄마는 오히려 칼리를 협박했다. '내가 왜 도망쳤겠니? 너는 치욕스러운 범죄를 저질렀잖아. 네 성노동 경험을 폭로하게 만들지 마.' 당시 칼리와 내가 찾아갈 수 있었던 유일한 사람이 임 교수였다. 그 뒤로 교수님과 각별한 관계가 되어 종종 서로를 찾았는데, 오랜만에 포항에서 뭉친다니. 몇 주 전부터 강연 날을 손꼽아 기다렸다.

2016년부터 앞서 두 번이나 H 대에서 페미니즘 강연을 했기에 이번에도 별다른 문제가 없을 줄 알았다. 그런데 강연 몇 시간 전 주최 측 학생들이 학생처장에게 불려갔다는 소식을 들었다. 그는 강연을 취소하라고 압박했고, 한 학생이 '이건 헌법에서 보장하는 교육권을 침해하는 것'이라고 말하자, "헌법이라고? 너는 대한민국 국민 해라. 나는 H 대 교수 할 거다!"라고 받아쳤다. 같은 시간, H 대학의 대표적인 반동성애 교수는 학생들에게 미리 가서 자리를 차지하고 앉아 있으라 지시했다. 학교 커뮤니티에는 '하나님의 학교에 반하는 강연이 열리니 시간 되면 그 자리에 가주시고 기도해달라'는 글이 익명으로 떠돌았다.

무기를 장착하는 마음으로 화장을 진하게 했다. 가끔

클럽 갈 때나 입던 검정 원피스도 꺼내 입었다. 칼리는 추운 날인데도 여름용 오프숄더를 입었다. 마치 퀴어문화축제에 갈 때와 비슷한 심정이었는데, 엄숙한 그들 앞에서 더 이상한 모습으로 당당하게 자리하고 싶었다. 임 교수도 "서클렌즈 하시고, 팜파탈 뱀파이어 분위기 어때요?"라고 말해서 빨간 립스틱도 장착하고 강연장에 들어섰다.

강연장은 어수선했다. 혹시 무슨 일이 생길까 봐 주최 측 학생들은 SNS 라이브 방송을 준비했고, 학생들은 어느 진영인지 확인하려고 서로 눈치를 살폈다. 한 무리의 학생들이 강연장 입구에서 기도하더니 차례차례 들어와서 누군가 뽑아온 인쇄물을 나눠 들었다. 글씨가 작아서 잘 보이지 않았는데, 그중 눈에 띄었던 문구가 있다. "자유 섹스 조장하는 페미니즘 반대", "남녀 갈등 조장하는 페미니즘 반대", "남녀를 교란하는 주디스 버틀러 반대".

임 교수가 강단에 올라섰을 때, 곧 터져버릴 풍선처럼 팽팽한 긴장감이 감돌았다. 각종 카메라가 현장을 찍고 있었고, 강연 들으러 온 학생들은 노트와 펜을, 반대하러 온 학생들은 뒤에서 피켓을 들고 있었다. 내용을 검열하러 온 H 대 교수들은 몸을 빳빳이 하고 앉아서 참여한 학생들 얼굴을 카메라로 찍었다.

임 교수는 모파상의 단편소설 〈비곗덩어리〉를 인용하며 강연을 시작했다. 고상한 기득권층, 창녀가 아닌 여자들(백작 부인, 수녀), 혁명가조차 창녀에게 모두를 위한 희생을 강요하면서도 다시 더러운 오물 취급 하며 외면하는 소설 속 이야기를 들려주었다. 소설과 마찬가지로 한국은 위기 때마다 자국민 여성들을 버리고 이용했다며 고려 시대의 조공부터 기지촌 양공주의 역사를 훑었다. 보들레르는 자본주의 사회에서 '시인은 창녀다'라고 선언했다. 교수님은 왜 시인이 창녀라는 말은 가능하지만, '창녀는 시인이다'라는 말은 불가능한지 물었다. 이어 보호할 여자와 버리는 여자를 구분하는 사회적 시선을 말하며, 고등학생 시절 관계 맺었던 '양공주' 언니들과 학생이었던 자신 사이에 존재했던 틈을 들려주었다.

2부에서는 칼리와 임 교수가 함께 대담을 나눴다. 사회를 맡은 나는 대담 시작 전에 당부했다. "이 자리에 오게 된 계기는 각자 다르겠지만, 부디 내가 잘 모르던 타인의 세계를 상상하는 시간이 되길 바랍니다. 우리가 함께 고민하고 작은 실천이라도 시도할 수 있게 되길 바라요."

　두 시간 넘게 대화 나누는 매 순간이 소중했는데, 특히 기억에 남는 순간이 있다. 칼리가 자신이 성노동을 하며 겪은 폭력과 협박, 낙인을 이야기할 때 눈시울을 붉히는 학생들을 보았다. 그 일을 할 수밖에 없었던 계급적이고 사회적으로 얽힌 자신의 위치와 일을 하며 노출된 폭력. 그 일을 그만뒀을 때 한때 사랑했던 사람에게 협박받아 도망치듯 떠나야 했던 칼리의 이야기에 모두가 집중했다. 많은 사람 앞에서 당당하게 성노동자로서 자기를 말하는 칼리를 보며, 지금 이 시간에도 위험을 감내하며 그림자 속에서 일할 수밖에 없는 많은 이들의 현실이 묵직하게 다가왔다. 그 말을 듣는 우리는 어떻게 그 고리를 끊어낼지 촘촘하게 논의해야 한다. 누구나 자기의 경험을 자기의 언어로 말할 수 있어야 하고, 그 목소리는 차별 없이 들려야 한다는 사실 역시 새삼스럽게 실감했다.

　질의응답 시간에는 포스트잇으로 질문을 받았다. 성노동 당사자의 목소리를 들을 수 있어서 새로웠다는 소감과 성매매 비범죄화 대 불법화라는 이분법에 갇히지 않고 우리가 함께 바꿀 현실이 무엇인지 고민하게 된다는 소감도 있었다. 질의응답이 끝날 때쯤 강연 주최 측 학생이 내게 와서 반동성애 측의 질문 하나만 언급해줄 수 있느냐고 물었다. 끝까지 자리를 지키고 있던 교수들이 학생들을 불러 항의한 모양이었다. 이마저 안 받으면 주최 측 학생들에게 피해가 갈 것 같아서 하나만 고르려는데 그들이 준 쪽지에는 '질문'이 없었다. "예수 믿으세요." "회개하세요." "진리가 무엇입니까." "왜 스스로를 더럽다고 하는지 이해가 안 돼요." "제발 회개하세요." 그나마 정성스럽게 번호를 매긴 질문이 눈에 띄어서 마지막 질문으로 읽었다.

"칼리 씨가 '내 자궁은 공공재가 아니다'라고 했는데……
1. 공공재가 아니면 무엇인가? 2. 언제 만들었나? 3. 어떻게 만들었나? 4. 왜 만들었나? 5. 혹시 본인이 돈을 지불하고 샀는가? 6. 도대체 누가 만들었나?"

중간까지 읽기도 전에 강연장에서는 탄식이 흘러나왔다. 칼리는 답했다. "그럼 내 자궁이 공공재인가요? 내 자궁이 뭐긴 뭐예요, 그냥 나죠. 대체 남의 자궁이 어디서 왔는지 왜 궁금하지. 남의 내장에 왜 관심을 갖지. 그쪽 대장이나 잘 신경 쓰세요. 제 자궁은 지금 생리 중이라 스트레스받으면 안 되니까 여기까지 할게요."

강연이 끝났다. 대담을 무사히 마쳐 다행이라 안도하고 있는데, 갑자기 H 대 교목실장이 뚜벅뚜벅 걸어 나와 임 교수 앞에 섰다. 순식간에 학생들이 두 사람을 둘러쌌고, 그는 임 교수에게 삿대질하며 물었다. "당신들이 말하는 옳고 그름의 기준이 뭐요? 기독교는 하나님의 말씀이 기준이오." 임 교수는 말했다. "그 기준을 흔드는 기준이오." 곳곳에서 박수 소리가 들렸다. 한참을 포스트모더니즘과 진리에 대해 연설을 늘어놓던 교목실장은 "아, 그래서 기준이 없다는 거죠?"라며 만족한 표정으로 물러났다. 그리곤 강연장 밖에서 기다리던 학생들에게 "저 사람들은 기준이 없대"라고 말하곤 오늘 수고했다고 어깨를 토닥였다.

마침내 그들이 빠져나간 강연장에서는 안도의 한숨과 진한 연대감이 흘렀다. 서로를 바라보며 오늘 정말 고생 많앗다고 격려했다. 전경이 있을 때와 없을 때 집회의 결속력이 다르듯, 무조건 반대를 외치는 이들에게 둘러싸인 강연장이 만들어낸 묘한 긴장감이 되레 집중력을 키웠다. 세 시간 동안 학생들은 졸거나 피곤한 기색 하나 없이 마음을 열고 경청했다. 사람들의 몰입이 느껴져서 나도 긴 시간 집중할 수 있었다.

뒤풀이 자리에서도 강연의 여운을 나눴다. 성노동이 노동인지 아닌지 '토론'하기 전에 지금 당장 그 일을 할 수밖에 없는 이들이 놓인 환경을 바꾸려면 어떻게 접근해야 할지 고민하게 되었다는 소감을 들었다. 학교가 창피하다는 호소도 들었다. 자신의 성적 지향을 커밍아웃한 청년도 있었다. 교회에서 전환치료를 받아왔다는 청년은 그 과정에서 느꼈던 모멸감을 털어놓았다. 처음 보는 우리를 믿고 마음을 열어 이야기하는 청년에게 고마웠고, 이제는 그대로의 자기를 소중하게 여기기로 했다는 말에 안심됐다.

몇 년 전까지만 해도 퀴어문화축제에서 기독교 무리에 섞여 피켓을 들었다는 한 청년의 탈호모포비아 간증도 들었다. 헌법을 공부하며 모든 사람의 자유와 평등에 대해 고민하다 보니 자신이 믿어왔던 종교적 신념을 의심하게 됐다는 청년의 말을 들으며, '사람의 변화 가능성'에 회의적이었던 마음이 일렁였다. 맹목적인 믿음에 중독된 사람, 그래서 내겐 괴물로 보였던 사람이 지금 내 앞에서 자신의 변화를 말하고 있었다.

대담 시간에 임 교수에게 나는 이런 질문을 했다.
"갈수록 혐오가 만연해지고 한편으로 퇴행하는 시대에 '사랑의 가능성'을 묻고 싶습니다."

임 교수는 한 치의 망설임도 없이 당연히 가능하다고 답했다.

"저는 사랑의 신화를 믿습니다. 우리가 사랑하지 않으면 어떻게 다른 사람을 알 수 있을까요. 우리가 사랑하지 않으면 내가 어떻게 나를 알 수 있을까요. 타자가 있어서 나를 아는 것인데, 내가 사랑하지 않고 누구와 공감하고 이해했다고 할 수 있을까요. 그래서 언제나 사랑을 꿈꾸죠.
비록 사랑을 통해서 상처 입고 눈물 흘리고 때로는 에

로스의 바다에 빠져서 익사한다고 할지라도 징검다리로 올라올 수 있는 힘이 사랑이라고 생각합니다. 우리는 죽음의 바다를 건너기 위한 하나의 징검다리로서 사랑을 잡으려고 하는 것이 아닌가. 그런 의미에서 사랑이야말로 어떤 의미에서 구원이지요. 내가 죽지 않기 위하여, 죽음으로부터 나를 살아 있게 만들어주는 것이 사랑이기 때문에요. 사랑이라는 건 누구한테나 가능한 것이고, 사랑 때문에 우리가 살아 있는 것이라고 생각합니다."

각종 오물을 몸에 간직한, 사악하고 비겁하고 연약한, 타자를 삼키며 살아가는 어쩔 수 없는 뱀파이어인 우리가 서로를 사랑하며 세계를 책임지는 일. 혐오와 사랑, 무수한 아이러니가 흐르는 곳에 아이러니한 내가 있다.

매일 조금씩
뻔뻔해지자

정성 담긴 음식, 다정한 대화, 가벼운 농담, 웃음과 울음. 식구들과 내가 좋아하는 목록이다. 반려인들과 나는 손님을 집에 초대해 함께 보내는 시간을 좋아한다. 그렇게 한차례 손님을 맞이하고 나면, 분위기는 사뭇 달라진다. 나와 반려인들은 동시에 서로를 향해 질문한다.

"나 오늘 실수한 거 없었어?"

각자가 실수했는지 걱정하는 레퍼토리는 매번 비슷하다. 지민과 칼리는 낯을 가리는 편이어서 혹시 상대에게 좋아하는 마음을 충분히 드러내지 못한 건 아닌지, 적절한 타이밍에 대화에 참여하지 못한 게 무관심하게 보이진 않았을지 걱정한다. 나는 "나 오늘도 너무 나댔지? 말 너무 많이 했지? 말실수하진 않았을까?" 같은 걱정을 한다. 몇 년째 비슷한 상황이 반복되며 우리는 상대와 헤어지자마자 누가 먼저랄 것 없이 말한다. "또, 오늘 실수한 거 없었느냐고 물으려고 했지? 전혀 없다! 그만해!" 이렇게 말하고서도 슬쩍 묻는다.

"있잖아, 나…… 오늘 어땠어……?"

식구 중 우주는 유일하게 이런 고민을 덜 하는 편이다. 어떻게 그럴 수 있느냐고 물으면 우주는 오히려 신기하다는 듯이 말한다. "그걸 왜 곱씹어?" 우리는 묻는다. "어떻게 곱씹지 않을 수 있어……?" 우주는 가뿐하게 답한다. "생각을 곱씹거나 생각하지 말아야지 마음먹을수록 거기에 몰입하게 되잖아. 나는 순간이 지나가면 다음 일정이나 다른 걸 생각하는 것 같아."

지민과 나는 우울증과 불안장애를 가진 동지이기도 하다. 우리는 같은 정신과에 다닌다. 여느 날처럼 지민과 나란히 병원에 다녀오던 길, 지민이 말했다. "선생님이 오늘은 나한테 꼭 필요한 조언을 해주셨어. 나는 생각이 너무 많아서 정작 필요할 때 흐릿해진대. 배려하고 성찰하는 태도는 중요하지만, 그게 지나치면 나아지는 거 없이 나를 갉아먹는다는 거야. 그렇게 생각하니까 내 고민은 배려가 아니라 방어심이 아닐까 싶었어. 선생님이 나한테 뻔뻔해지라고 하셨어. 지난 일을 곱씹지 말라고. 누구나 실수할 수 있다는 마음으로 자신을 돌보라고. 너무 신기한 조언이지 않아?" "그러게. 나한테도 필요한 조언이다. 우리 뻔뻔해지자!" 그 뒤 지민과 나는 걱정이 커질 때면 서로에게 "뻔뻔해져!"라고 말한다. 우리는 뻔뻔 지수(여기에서 뻔뻔함은 무던하게 자기를 믿는 힘과 같은 말로 쓰인다)가 0에 가까워서 아무리 뻔뻔해지려 해도 평균보다 낮을 것을 알기에 힘껏 뻔뻔해지라고 부추겨도 괜찮다. 그래도 여전히 했던 말과 실수를 무한 재생하며 자책한다. 그 무한 재생이 끝날 때쯤이면, 너덜너덜해져서 말할 힘과 자신감이 떨어진다. 손님을 맞이할 때뿐 아니라 어딘가 나서서 말을 할 때도 그렇다.

입김이 나오는 지난겨울, 내가 사는 고요한 집에 팟캐스트 〈영혼의 노숙자〉를 진행하는 맷과 〈비혼세〉를 진행하는 혼세가 깜짝 방문했다. 두 사람은 몇 년 동안 꾸준히 자기 목소리를 녹음해 불특정 다수에게 들려준다. 나로서는 상상만으로도 겁이 나는 일을 해내는 사람들이다. 하얗고 동그란 테이블에 통밀빵과 커피를 올려놓고 대화를 나눴다. 두 사람은 오디오로도, 실제로도 쉴 틈 없이 재미난 이야기를 들려줬다. 문득 생각했다. '말의 고수들을 만난 김에 말하기에 대해 물어봐야 해!' 나는 눈치를 살피다가 슬쩍 물었다.

승은 뜬금없는 질문인데요. 두 분은 어떻게 그렇게 말을 잘해요?

혼세 (잠시 뜸 들이다가) 말을 잘한다는 건 뭘까요?

승은 그러게요. 너무 추상적인 질문이죠? '말 잘한다'의 기준도 사람마다 다를 텐데, 너무 정형화된 질문 같기도 하고요. 그럼 조금 바꿔서, 겁내지 않고 꾸준히 말할 용기는 어디에서 나오는지 궁금해요!

맷 음, 저는 내 말에 사람들이 그렇게까지 관심이 없다는 걸 기억하려고 해요(웃음). 그러면 주눅 들지 않고 하고자 하는 말을 할 수 있더라고요. 다른 사람 시선을 너무 신경 쓰지 않아도 괜찮다는 거 기억하기. 다른 것보다 전달하려는 내용에 집중하려고 노력해요.

혼세 맞아요. 그런 태도 필요해요. 말이라는 건 언제든 오해받을 수 있잖아요. 내가 정말 실수할 수도 있지만, 말의 전체적인 맥락을 고려하지 않고 뚝 잘라 비난하는 경우도 다반사고요. 그럴 때 내가 잘못한 건 바로 인정하고, 내가 잘못한 게 아니라면 빨리 넘기는 게 중요하더라고요.

승은 맞아요. 저도 머리로는 알거든요. 빨리 잊고 넘기자! 뻔뻔해지자. 그래도 오해받는 상황은 억울하고 무섭잖아요. 작은 실수 하나도 계속 곱씹게 돼서 결국 입을 닫게 돼요. 두 분에게 계속 말할 힘은 어디에서 나올까요?

맷 아마 혼세도 같은 마음일 것 같은데, 저는 말하는 게 재미있어요. 걱정하는 마음보다 재미의 양이 훨씬 커요.

혼세 저도 그래요. 아, 갑자기 떠오르는 기억이 있는데요. 제가 전에 다니던 회사에는 열네 명 중 저 포함 두 명만 여성이었어요. 그때 회사 업무가 무척 많고 바쁜 편이었거든요? 그러니까 서로 소통하거나 업무에 있어서 실수하는 일이 생길 수밖에 없잖아요. 근데 대다수 직원들이 실수를 하고도 뻔뻔하다 싶을 정도로 빠르게 넘어가는 거예요. 그 모습이 의아했어요. 어떻게 저럴 수 있지? 비슷한 맥락으로 이런 얘기를 들은 적이 있어요. 여성이 어릴 때 경험할 수 있는 팀 스포츠가 거의 없잖아요. 축구나 풋살 같은 팀 스포츠를 경험하면, 실수하더라도 빨리 잊고 다음 동작을 하는 방식을 배울 수 있다는 거예요. 자책할 시간이 없으니까 얼른 사과하고, 잊고, 다음 동작을 하는 거죠. 그렇게 자기 실수에 조금은 관대해지는 문화를 배우는 거 아닐까요? 물론, 제가 경험한 사람들처럼 성찰 없이 자기에게만 관대한 태도는 경계해야겠지만요. 여자들에게는 그 기회가 여전히 적은 편이잖아요. 여성의 몸은 한정된 시선으로만 보였으니까요. 운동하면 의외의 몸이 되어버리고, 넘어지면 몸개그가 되어버리고요. 어쩌면 몸과 연결된 문화에서도 말에 대한 두려움이 생기지 않았을까 싶어요. 저는 경험을 쌓을 기회가 중요하다고 생각해요.

맷 저도 팟캐스트를 진행하거나 클럽하우스를 통해 여러 사람과 대화하면서 비슷한 걸 느꼈어요. 여성으로 보이는 사람들은 대다수가 정돈된 말하기를 해요. 조심스러운 태도가 있어요. 자기를 남성이라고 밝히는 사람들은 대부분 당당하거든요? 제가 듣기에는 논리에 안 맞는 말을 하더라도 '모두가 내 얘기를 들어야 한다'는 어떤 자신감이 있어요. 틀린 말을 해도 당당해요.

혼세 어떤 때는, 대다수의 남성은 자신을 면접관의 자리에 두고, 여성은 면접자의 자리에 자기를 두는 것 같아요. 그러니까 말하는 태도나 말이 지나간 뒤에 곱씹는 태도에도 차이가 생기고요. 한동안 이런 생각을 했어요. 우리는 왜, 언제부터 다른 위치에서 말하게 되었을까.

맷 정말요. 그 시기에 자주 생각했어요. 저들의 자신감을 끌어오고 싶다.

170

나도 가끔 글이 막히거나 내 글이 한없이 초라하고 부족하게 느껴질 때면, 굳이 떠올리는 소수의 작가 리스트가 있다. 자기에게 심취해 차별적인 글을 쓰면서도 당당한 그들의 모습을 보면 역설적으로 자신감이 생기곤 했다. 성찰 없는 태도는 배워서는 안 되겠지만, 작은 실수를 너무 오래 곱씹느라 망설이거나 침묵하는 일은 그만두고 싶었다.

두 사람과 대화하는 동안 고개를 쉬지 않고 끄덕여서 목덜미가 뻐근했다. 그래도 내 안의 무언가가 해소되는 것 같았다. 그러게. 우리는 왜 실수해도 괜찮다는 사실을 체득할 기회가 적었을까. 팀 스포츠를 경험할 기회도, 실수해도 그게 '여자라서 모자라서 그래'가 아닌 '그럴 수도 있지'라고 받아들여진 경험도 적었을까. 경험을 축적할 기회 역시 어떤 위치와 위계에서 비롯되었다 생각하니 굽어 있던 어깨가 펴졌다. 조금 더 뻔뻔해지자는 말. 이건 앞으로도 나와 지민, 그리고 주위 많은 이에게 꼭 전달하고 싶다.

실수해도, 때로는 실패해도 괜찮아요. 우리는 계속 부딪치고 넘어지며 성장할 테니까요. 실수를 두려워하다가 아무 말도 하지 못하게 된다면, 영영 우리는 면접 보는 자리에 앉아 누군가의 판단을 기다리게 되겠죠. 누구도 우리에게 그런 자리를 강요할 수 없어요. 나 자신조차요. 다시 마음이 쪼그라들 때마다 함께 주문을 외워요. '매일 조금씩 뻔뻔해지자. 그래도 괜찮다.' 만약 제 주문이 먹히지 않는다면, 조금 더 기운 센 주술사 혼세의 말을 전할게요.

"내가 잘못한 일이 아닐 때는 비난받더라도 '어쩌라고' 마음먹고 돌아서는 것만으로도 의미 있는 행동이라고 생각해요. 우리에게도 무시할 자유가 있으니까요. 잊어버리자. 잊고 다음 걸 하자. 까먹을 일은 빨리 까먹고 다음을 해요, 우리."

말 잘 듣지 않을 권리

"쓰~읍!" 추임새인지 말인지 헷갈리는 소리가 들리면 나는 입을 다물고 그의 지시대로 행동한다. 그는 여러 얼굴을 하고 있었다. 어릴 때는 주로 아빠와 엄마의 얼굴이었고, 학교에 다닐 때는 선생님과 선도부의 얼굴이 되었다. 다른 말은 조금도 끼어들 틈을 주지 않는 주문이 이끄는 방향으로 나는 움직인다.

부모님의 표정이 안 좋으면 조용히 방에 들어가 책상 앞에 앉는다. 수업 시간에 배가 아파도 화장실에 가겠다고 말하지 못해 식은땀을 뻘뻘 흘리고, 시험에서 틀린 문제 하나당 손등을 때리는 과학 선생님 앞에서 고분고분하게 손등을 내민다. 교실을 다니면서 귓불을 만지는 변태 국어 선생님의 손길을 피하려고 어깨를 바짝 세워 최대한 귀를 숨긴다. 일렬로 교문을 지키는 선도부 앞을 지나가기 전에는 골목 모퉁이에서 부드러운 체육복 바지를 벗고 뻣뻣한 치마를 입는다.

그때 나는 묻지 못했다. 왜 부모님의 기분에 따라 내 안전이 결정되어야 하죠? 시험 문제 틀려서 속상한 건 난데 내가 왜 맞아야 하죠? 왜 화장실 갈 때 눈치를 봐야 하죠? 우리 몸의 리듬은 다 다른데 왜 모두가 같은 시간에 화장실을 이용해야 하죠? 게다가 쉬는 시간 화장실은 너무 북적여서 볼일 보기 신경 쓰여요. 선생님, 우리를 함부로 만지지 마세요. 저는 걸을 때마다 허벅지에 쓸리는 치마 대신 부드러운 체육복 바지를 입고 싶어요.

'만약'이라는 단어를 생각하면, 지금은 알고 그때는 몰랐던 권리들을 상상하게 된다. 만약 지금 내 인식 그대로 예전으로 돌아간다면 당당하게 의견을 말하겠노라 다짐하지만, 그 말을 뱉은 뒤에 내가 괜찮을지 상상하면 미래는 암울하다. 말을 안 들으면 어떤 식으로든 위협이 따랐을 거였다. 그와 나는 평등하지 않았으니까. 딸이자 학생이라는 역할은 말하기보다 말을 '잘 들어야' 하는 위치이니까.

어떤 관계에서 누가 누구의 말을 들어야 하는지를 생각하면 관계의 위계가 보인다. 부모의 말을 듣는 자녀, 교사의 말을 듣는 학생, 사장의 말을 듣는 아르바이트 노동자, 상사의 말을 듣는 부하직원, 대기업의 요구를 듣는 하청업체. 말은 누구에게나 공평하게 주어진 게 아니어서 역할에 따라 누군가는 한정된 말을 하게 된다. "네. 알겠습니다. 그렇게 하겠습니다. 죄송합니다. 감사합니다."

소위 '그렇게 하겠습니다' 문화에 길들면, 역할을 벗어난 말을 하는 사람은 눈살 찌푸려지는 대상으로 여겨진다. 정당한 의견은 반항으로, 배은망덕으로, 튀는 행동으로, '감히'로 해석된다. 20대 초반에 〈필경사 바틀비〉를 읽었다. 미국 자본주의의 상징인 월가의 한 법률사무소에 고용된 바틀비는 자신을 고용한 변호사가 일을 지시할 때마다 뻣뻣한 대나무처럼 말한다. "하고 싶지 않습니다." 나중에 변호사는 부탁에 가까운 태도로 몸을 굽히지만, 바틀비는 굽히지 않는다.

처음 책을 읽을 때, 나는 바틀비가 답답하고 이상했다. '적당히 하겠다고 말하면 안 돼? 변호사는 나름 교양 있고 온화한 갑인데 왜 말을 안 듣지?' 소설 속에서 바틀비는 결국 감옥으로 밀려나 생을 마감한다. 10년 후 다시 그 책을 읽었을 때, 나는 복잡한 심경이 되었다. 대부분의 우리는 변호사가 아니라 바틀비의 위치에 있을 가능성이 높은데, 나는 왜 변호사에게 이입했던 걸까.

문제의 과학 시간에 일어난 일이 떠오른다. 여느 날과 마찬가지로 과학 선생님은 시험을 치른 뒤에 학생들에게 손등을 내밀라고 했다. "너 몇 개 틀렸어?" "두 개요." 나무 막대로 손등을 두 번 탁탁 내려치는 소리가 들린다. 떨면서 내 차례를 기다리고 있는데, 한 친구가 손을 내밀지 않았다. 조용한 편이어서 말을 섞어본 적 없던 정미였다. "얼른 손 내밀어!" 정미는 대꾸 없이 그대로 서 있었고, 당황한 선생님은 정미를 교무실로 끌고 갔다. 친구들과 나는 어떻게 선생님 말씀을 안 들을 수 있느냐고 정미를 비난했다. 나는 차마 내가 하지 못하는 행동을 하는 정미의 모습이 내심 불편했고 사실은 부러웠다.

얼마 전, 한 고등학교에서 '커트 머리가 동성애를 조장하며 목선이 보이는 묶음 머리는 야하다'는 이유로 학생 두발을 규제해온 사실이 알려졌다. 청소년인권행동 아수나로는 학생인권침해를 고발하며, 학생인권조례를 위한 다양한 활동을 이어가고 있다. 스쿨 미투와 가정폭력 미투를 목격할 때, 해고당하지 않을 권리를 외치는 노동자를 볼 때, 지하철에서 이동권을 요구하는 장애인을 볼 때면 나는 정미와 바틀비가 떠오른다. 말 잘 듣는 위치에 있던 존재가 감히 학교와 정상가족, 나아가 사회에 말한다. "그 일은 잘못되었습니다. 더는 침묵하지 않겠습니다."

상상 속에서 만약으로 미뤄둔 세계를 나는 지금 구체적으로 마주하고 있다. 평등한 세상에서 보장될 다양한 권리 중에는 '말 잘 듣지 않을 권리'도 있을 거다. 지시하는 입장과 따라야 하는 입장이 옅어져서 누구나 언제든 거절할 자유가 있고, 불합리한 지시를 따르지 않아도 생계나 안전을 위협받지 않을 안전망도 있을 거다. 그 권리를 위해 위험을 감수하고 내는 목소리들에 연대하려고 나는 다짐한다. 권리의 언어를 유난이나 반항, 불효 따위로 깎아내리지 않고 작은 목소리에 연대하겠노라고.

만약 중학교 과학 시간으로 돌아간다면 나는 정미와 함께 손을 내밀지 않을 거다. 어쩌면 용기 내서 말할 수도 있을 거다.

"그렇게 하고 싶지 않습니다."

사건과
일상 사이

우리 사회에서 고통을 겪는 이들이 쓸 수 있는 언어로
는 어떤 세계를 짓는 것이 가능한가.

혹 그 언어로 주변 세계를 짓는 것은 불가능하고 부수
는 것만 가능한 것은 아닌가?

— 엄기호, 《고통은 나눌 수 있는가》[14]

오랜만에 만난 디는 지쳐 있었다. "그간 활동하면서 소
진되는 느낌이 들었어요. 제 이야기가 소비되고 휘발되는

느낌도요. 이렇게 증언하는 게 어떤 의미인가 싶어서 회의 감이 들어요." 디는 오랜 시간 자기 경험을 바탕으로 쓰고 말하는 일을 해왔다. 항상 빙그레 미소 짓던 디의 얼굴에 진 그늘도, 한동안 쓰고 말하기를 모두 멈춘 상태라는 말도 마음에 걸렸다. 소진되고 소비되는 느낌. 알 것 같은 느낌이었다. "혹시 더 자세히 말해줄 수 있어요?" 디는 조금 상기된 얼굴로 입을 뗐다.

"제가 경험한 성폭행과 각종 차별을 증언하는 일이 중요한 실천이라고 믿었던 때가 있어요. 그래서 열심이었죠. 어떤 사명감을 갖고 표현했는데, 아무래도 노출되는 만큼 공격도 많이 받잖아요? 온라인에서 심각한 조리돌림도 당하고 다양한 피해를 입었어요. 차별을 증언하다가 다시 차별의 굴레에 갇히고. 상처받으면서도 표현하고 다시 상처받고. 그게 반복되면서 혼란스러워지더라고요. 내 이야기를 지지해주는 단체와 사람들도 있었거든요. 그런데 제가 위험한 상황에 놓였을 때는 제가 속한 단체조차 개인을 지키지 못했어요. 모두 의미 있는 일이니까 열심히 말하라고만 등 떠미는 분위기에서 저를 제대로 지키지 못한 것 같아요. 주저하고 침묵하는 법을 잊어버린 것 같기도 하고요. 주위 활동가들이 서서히 소진되어 사라졌어요. 저도 이제 지친 것 같아요."

헤어지기 전 디는 덧붙였다. "저는 어떤 경험 속에 갇혀 있는 사람이 아니잖아요. 무척 입체적인데, 저를 찾는 자리는 항상 그 경험으로 저를 고정해요. 그곳에서 마이크를 들 때면 저는 성소수자, 성폭력 피해자로만 존재해요. 제 경험이 단지 고통이 아닌 차별이라고 말해도 그 순간 저는 고통의 당사자만 되는 거예요. 경험에 잠식되지 않으면서도 제 이야기를 운동으로 연결하는 방식을 고민하고 있어요. 무엇보다 저와 동료들을 지키면서 활동하고 싶어요."

디의 말을 듣는 동안 끄덕이는 고개를 멈출 수 없었다. 내가 자주 망설이는 이유와 디의 고민이 겹쳐졌기 때문이다. 임신중지 수술 경험을 글로 공유한 몇 년 전, 각종 매체에서 인터뷰 요청이 왔다. 한 시사 잡지와 인터뷰한 뒤, 지면을 확인했을 때 나는 '낙태 커밍아웃 홍승은'이라고 소개되었다. 한 방송국에서 낙태죄 폐지를 주제로 인터뷰 요청을 받았을 때는 피해에 머물지 않고 다른 이야기를 꺼내고 싶어서 며칠 내내 성과 재생산의 권리를 공부하며 내용을 준비했다. 인터뷰 당일, 내가 받은 질문은 딱 세 가지였다. 1. 낙태는 언제 하게 되었나요? 2. 그때 심정은 어땠나요? 3. 주위 반응은 어땠나요? 그들이 나에게 바라는 이미지는 '위험한 환경에서 임신중지 수술을 하게 된 불쌍하고 고통받는 한 여자'였다.

이런 일은 내가 성폭력 피해 경험을 밝혔을 때나 페미니스트라고 밝혔을 때에도 당연한 수순처럼 따라왔다. 성폭력 피해를 말했을 때는 모두가 끝까지 싸우라고 응원해주었다. 당신이 멈추면 중요한 의제를 포기하는 것이며, 모두에게 피해를 끼치는 일이라는 조언도 들었다. 멈추고 싶을 때마다 그 말들이 맴돌아서 나는 계속 말해야 했다. 이게 내게 주어진 책임이라고 믿었다.

그 무렵부터 마이크를 잡기 전이면 어깨에 힘이 들어갔다. 여기서 삐끗하면 내가 속한 세계를 욕먹이는 일이야. 작은 한숨이나 찡그린 표정만으로도 '이래서 페미니스트들은 문제야', '이래서 여자들은 안돼' 같은 평가를 받아왔기에 나는 도통 힘을 뺄 수가 없었다. 모두가 너의 이야기를 그렇게까지 중요하게 듣지 않는다고 스스로 주문을 외워도, 사회적 맥락상 개인이 어떤 집단과 단체, 피해자의 대표가 된 것처럼 들리게 되는 위치를 무시할 수 없었다. 말할 자리에 갈 때마다 작두에 올라간 기분이었다.

그렇게 쓰고 말한 자리에는 수많은 비난이 남았다. 악플 한 개를 정화하려면 백배, 천배의 선플이 필요하다고 한다. 미처 정화할 틈 없이 평소처럼 괜찮다고 주문을 외우며 마이크를 잡았다.

'괜찮다. 다 괜찮다.' 하지만 괜찮지 않았다. 아무리 세밀하게 이야기를 풀어도 세상의 반응은 호의적이지 않았다. 어쩔 수 없다는 사실을 알고 있으면서도 의연해지지 않는 내 마음을 원망하기도 했다.

소수자의 말하기에는 항상 위험이 따른다. 대중적이지 않다는 이유로 따라붙는 비난은 말할 것도 없지만, 그 이야기를 지지받을 때도 혼란은 따라온다. 말을 반복하다 보면 나조차 그 굴레에 갇히기 쉽기 때문이다. 여러 겹으로 존재하는 나를 잊고, 자꾸 피해자로만 나를 인식하게 되는 거다. 언어는 쉽게 존재를 삼켜버린다.

그 시기에 쓴 일기장에는 비슷한 문장이 반복해서 적혀

있다. '나는 여러 겹으로 이루어져 있다. 나는 그 일의 대표가 아니다. 모르는 건 모른다고 말하자. 내 일상을 지키면서 말하자. 나를 지키며 말하는 일은 비겁한 것도, 후퇴하거나 포기하는 것도 아니다.'

여전히 '나를 지킨다'는 문장을 쓸 때마다 어딘가 간지럽다. 완전히 안전한 세상에서 말하기란 불가능에 가깝고, 안전해질 때만 이야기한다는 건 침묵하겠다는 말과 다름없다는 것도 알고 있다. 하지만 세상이 단 한 번의 진동으로 변하는 게 아니라 서서히 물들며 변하는 거라면 한 번에 타오르는 불꽃보다 은은한 불씨처럼 이야기를 지피고 싶다.

언젠가 한 언론 매체에서 내가 맺는 소수적 관계 지향을 인터뷰하고 싶다는 제안이 들어왔다. 꽤 유명한 매체여서 나가면 파급력이 클 거로 예상되는 자리였다. 세상에 다양성 한 스푼을 뿌릴 수 있는 기회라는 생각과 그만큼 따라올 그림자가 두렵다는 생각. 두 생각 사이에서 망설였다. 그 시기는 각종 악플로 무척 지쳐 있는 시기이기도 했다. 평소였다면 겁이 나도 하겠다고 했을 텐데, 일주일 내내 고민하다가 용기 내어 답장을 적었다.

"저도 이 기회를 통해 조금이라도 다양한 논의가 이어지길 바라서 고민을 많이 했습니다. 그런데 지금은 저를 보호해야 할 시기인 것 같습니다. 지금이 지난 뒤에 꼭 이야기 나눌 자리가 마련되면 좋겠어요."

메일을 보내고 한동안 마음이 무거웠지만, 내가 할 수 있는 만큼 표현하고 잠시 침묵하는 일이 잘못됐다고 생각하지는 않았다. 그렇게 생각할 수 있는 것만으로도 괜찮았다. 오늘도 어디선가 나는 몇 가지 파편으로 사람들 입에 오르내린다. 낙태했대, 문란하게 산대, 성폭력 피해자라는데? 불쌍하고 불평 많고 잘난 척하는 여자야. 그 파편이 내 전부가 아니라는 것을 잊지 않기 위해 일상을 단단하게 잡는다.

아침에 일어나면 제일 먼저 팔로산토 향을 피워 은은한 나무 향을 맡는다. 계절마다 바뀌는 플레이리스트를 재생한 뒤에 몬스테라와 테이블 야자, 홍콩 야자, 녹보수에 물을 준다. 침대를 정돈하고 바닥을 쓸고 닦는다. 해가 땅을 감쌀 무렵에는 반려견들과 집 앞 공원으로 산책을 나간다. 매일 하루를 살아낸다.

피해 이후 우리에게 남는 언어는 무엇일까. 내 경험과 말과 글을 단지 피해를 호소하고 세계의 불의를 고발하는 역할로만 한정 짓고 싶지 않다. 이 세계에 필요한 언어를, 세계를 짓고 싶다. 아마 디도 나와 같은 마음이었겠지.

얼마 전 디에게 연락이 왔다. 디는 그간 놓았던 일상을 회복하는 시간을 가졌다고 했다. 꾸준히 상담 센터에도 다니고 아침에 일어나 햇살을 느끼고 취업 준비에도 열심이라고. 사건과 일상 사이의 균형을 잡아서 이제는 다른 말을 할 수 있을 것 같다는 디에게 얼른 만나자고 데이트 신청을 했다. 디를 만나면 고소한 스콘을 앞에 두고 다정하게 안부를 묻고 싶다.

무해한 말은

가능할까

울음은 가장
적극적인 말

여름 끝에 만난 줌파는 깊은 눈을 가진 60대 여성이다. 그녀는 나에게 자신을 은둔자라고 소개했다. 줌파는 책을 사랑하는 사람. 책 속 이야기를 사랑하는 사람. 하지 못한 이야기를 가득 안고 사는 사람이다. 줌파는 어린 시절에는 부모와 동생들을 챙기는 장녀였고, 원가족을 벗어나서는 남편과 아이들을 챙기는 엄마였다. 그녀는 말했다. "어릴 때 저는 항상 방에서 소리 죽여 울었어요. 왜 그랬는지 모르겠는데, 누구에게도 우는 소리를 들키면 안 된다고 믿었어요.

결혼하고 달라진 점은 소리 내서 울게 되었다는 거예요. 그때도 제 울음을 들어줄 사람이 없는 건 마찬가지였어요. 이해해줄 사람도 없었어요. 저는 방 안에서 혼자 엉엉 울었어요. 옆집 사람이 들었다면 이상한 여자라고 생각했을 거예요."

줌파는 책에서 자주 술에 의존했던 내 엄마의 이야기를 읽었다면서 다정한 눈빛으로 말했다. "어머니의 술은 제 슬픔과 같다고 생각해요. 저도 자주 생각했거든요. 술이 몸에 받았다면 정말 술에 기댈 거라고요. 저는 승은 씨 어머니의 술이 제 눈물처럼 보였어요. 그러니까 어머니에게 술은 꼭 필요한 표현이었을 수 있어요." 그 말을 듣는 동안 나는 눈물을 훔쳤다. 엄마는 자주 말했었다. "술을 먹으면 솔직할 수 있어. 울고 싶을 때 마음껏 울 수 있어." 줌파와 엄마의 울음이 겹친다. 나는 말이 되지 못한 그녀들의 울음을 들으며 자랐다. 슬픔의 이유는 묻지 않았다. 묻지 않아도 짐작할 수 있었으니까. 나 또한 말이 되지 못한 울음을 삼키거나 뱉으며 살았으니까.

눈물이 부끄러웠던 시간이 있었다. 산타 할아버지는 우

는 아이에게 선물을 안 준다고 했다. 울지 말고 똑바로 의견을 말하라는 독촉을 받았다. 징징대지 말고 이성적으로 굴라는 명령을 들었다. 애써 감정을 누르고 차분하게 말하려고 노력하지만, 울음이 사라진 말은 어딘가 비어 있었다. 나는 살면서 많은 순간 울었다. 화나서, 억울해서, 슬퍼서, 그리워서, 행복해서 눈물 흘렸다. 감정이 지나간 자리에는 부끄러움이 남았다. 울음 뒤에는 꼭 죄송하다는 말을 붙였다.

20대 후반, 아빠에게 어릴 적 내가 받은 상처를 호소하며 제대로 사과하라고 말한 적이 있다. 오래 참은 설움이 터져서 내 말의 반 이상은 울음으로 채워졌다. 눈물 콧물 범벅이 된 나를 무표정하게 보던 아빠는 말했다.

"울지 말고 또박또박 말해."

아빠에게 내 울음은 소음이었다. 공감할 수 있는 언어가 아닌, 피로한 소음. 나는 바로 입을 닫았다. 울음을 참아야 내 말이 그나마 말로 전달된다는 오래된 사실을 새삼 깨달은 거다. 아니, 내가 울지 않고 말했어도 아빠는 내가 감정적으로 군다고 여겼을 거라는 걸 나는 알고 있었다.

무대에 설 때마다 다짐했다. 아무리 서럽고 분하고 슬

퍼도 울지 말아야지. 평생 감정적이라는 말을 낙인처럼 들어왔던 나에게 무대 위 눈물은 절대 금지 사항이었다. 울면 안 돼. 모두가 내 말을 신뢰하지 않을 거야. 춘천의 한 책방에서 북토크를 하던 밤, 그 공간과 멀지 않은 곳에서 교제 폭력과 성폭행 당했던 경험을 말하다가 나도 모르게 눈물이 나왔다. 당혹감을 감추기 어려워서 떨리는 목소리로 사과했다. "아, 죄송해요. 북토크 다니면서 몇 번이나 반복해서 말한 이야기인데, 오늘은 이상하게 눈물이 나오네요. 죄송합니다." 괜찮다고, 더 울어도 된다는 답변이 돌아왔다. 함께 글썽이는 사람들도 있었다.

그날 나는 울음이 수치가 아닌 연대가 될 수 있음을 알았다. 마이크를 잡고 무대에서 울어도 누구도 내가 프로답지 못하다고 말하거나 제대로 말하라고 주문하지 않았다. 울음으로 생긴 말의 여백을 모두가 공감하며 감싸주었다.

아마도 내가 이 글들을 쓰게 된 가장 큰 동기는 소통에의 갈망이었을 것이다. 나는 '왜 여성이 쓴 시는 소통의 장에서 소외되어 있는가'라는 의문을 푸는 글을 한 편 쓰리라 마음먹었다. 그러나 글을 쓰기 시작하자, '왜 여성의 언어는 주술의 언어인가. 왜 여성의 상상력은 부재, 죽음의 공간으로 탈주하는 궤적을 그리는가. 왜 여성의 시적 자아는 그렇게도 병적이라는 진단을 받는가. 왜 여성의 언술은 흘러가는 물처럼 그토록 체계적이지 못한가. 왜 여성의 시는 말의 관능성에 탐닉하는가……' 같은 수많은 질문에 답하고 있는 나를 발견했다.

— 김혜순,《여성이 글을 쓴다는 것은》15

나는 자주 울음소리를 듣는다. 수업에서 글을 발표하기 전이면 사람들은 말한다. "제 글을 입 밖으로 꺼내 읽는 게 너무 두려운데, 용기 내서 해볼게요." A4 용지 두 장 남짓한 분량의 글은 여유롭게 읽어도 5분 내외로 읽을 수 있지만, 어떤 때는 10분 이상 늘어나기도 한다. 글 속에 울음이 섞이기 때문이다. 그런 순간이면 모두가 숨죽여 글과 울음을 듣는다. 한 문장이 끝나자마자 꺽꺽 울부짖거나, 흔들리는 목울대로 단어를 더듬거나, 잠시 멈추고 조용히 눈물 훔치는 소리. 말에 여백이 생기는 순간, 울음은 가장 적극적인 말이 된다. 울던 사람은 말한다.

"울어서 죄송해요."

나는 말한다. "미안해하지 말아요. 들려줘서 고마워요."

울부짖음은 주로 짐승의 소리, 여성의 소리로 폄하되어 왔다. 눅눅한 감정을 제거하고 바짝 말린 소리만이 공적인 언어가 될 수 있다고 배웠다. 나는 그 잠언에 적극적으로 저항하고 싶다. 나는 당신의 슬픔을 하나하나 파고들고 싶지 않다. 오늘 하늘이 너무 맑거나 흐려서 눈물이 흐를 수도 있고, 아픈 기억을 직면하는 괴로움으로, 사무친 그리움으로, 이유 모를 슬픔에 잠길 수도 있다. 다만 당신이 울음을 참거나 홀로 삼키지 않길 바란다. 당신에게 울 수 있는 무대가 마련되길 바란다. 그 울음이 독백이 아니라 대화로 이어지길 바란다. 울음 뒤에 가려진 이야기를 적극적으로 꺼내 자기만의 언어로 재해석할 관계가 곁에 있길 바란다. 당신의 울음을 듣기 위해 자세를 잡는다. 어떤 울음은 가장 적극적인 말이라는 걸 알기 때문이다.

우리 사이에는
필터가 있다

"아, 귀여워." 멍멍이들을 보면 반사적으로 튀어나오는 말이다. 복슬복슬한 하얀 털과 검정 눈, 코, 입술을 가진 작은 생명은 나에게 사랑스럽고 무해하고 귀여운 존재다. 원고를 쓰는 지금도 나는 그들을 상상하는 것만으로 가슴이 몽글몽글해진다. 당장 꽉 끌어안고 싶다. 귀여움 필터로 반려견을 보면, 헥헥거리며 혀를 내밀거나 짖는 모습까지 사랑스럽다. 그게 어떤 의도인지 관심을 기울이기보다 사랑스러운 모습에 집중한다. 나는 매일 반려견들에게 말을 건다.

"아이구, 그랬쩌? 언니 보고 싶었쩌? 배고팠쩌?" 나는 내 사랑 고백이 전달될 거로 믿고 싶지만, 그게 소통이 아니라 독백이라는 사실을 알고 있다.

어느 새벽, 반려견 중 막내인 참새가 내 침대 위로 뛰어올라와서 새벽 내내 얼굴을 핥았다. 나는 잠결에 "아이구, 우리 예쁜 참새가 언니 보고 싶어서 왔어?" 말하며 몸을 쓰다듬다가 잠들었다. 참새는 밤새 같은 행동을 반복했다. 숨을 헐떡거리기도 했다. 그때 나는 '참새가 악몽을 꿨나 보다' 생각하고 등을 쓰다듬었다. 그 뒤로 몇 차례의 새벽, 참새가 비슷한 행동을 반복하고 나서야 무언가 잘못되었다는 걸 느꼈다. "참새 어딘가 문제가 생긴 거 같지?" 반려인과 나는 곧바로 응급실로 갔다. 병원에 가는 길에 나는 참새를 붙잡고 속상해서 다시 독백했다. "아프면 아프다고 말하지. 네가 말을 할 수 있으면 좋겠다. 제발 아플 때라도 아프다고 말해줘."

새벽 4시에 마주 앉은 참새의 담당 선생님은 간단한 검사를 한 뒤에 말했다. "보호자분도 아시겠지만, 동물들은 다른 방식으로 소통하잖아요. 또 개들의 성향마다 표현이 다르기도 하고요. 아파서 보호자에게 더욱 안기는 경우도 있

고, 본능적으로 보호자를 멀리하려는 경우도 있어요. 저희
도 오랫동안 진료를 해왔지만 알아차리기 어려워요. 서로
다른 언어를 사용하니까요. 직접 말로 표현할 수 없으니 세
심하게 관찰하고 검사하는 수밖에 없더라고요. 동물들도 자
기만의 방식으로 표현하고 있는 거거든요. 먹는 양이 줄거
나, 잠이 늘거나, 가까이 오지 않거나, 갑자기 안기거나, 짖
거나 하는 방식으로 소통하고 있어요. 앞으로도 세심하게
봐주세요."

선생님의 말을 들으며, 참새에게 '제발 아프다고 말해
줘'라고 말하던 내 게으른 태도를 돌아봤다. 참새는 자기만
의 방식으로 표현하고 있었다. 인간 동물인 내 방식이 아닌,
자기만의 방식으로. 나는 내 무능함을 절절하게 느꼈다. 병
원에서는 참새의 경우 신경 쪽 문제일 수 있다며 앞으로 경
과를 지켜보자고 했다. 참새는 분명 자기가 어떤 상태인지
온몸을 다해 전달하고 있었을 거다. 그런 참새를 앞에 두고,
나는 매일 참새와 대화하는 중이라고, 매일 산책하니까 좋
은 보호자라고 태연하게 착각하고 있었다. 그러니까 나라는
인간 동물의 소통은 참 제한적이고 무능하다.

세상에는 여러 모양의 필터가 있다. 청소기에 달린 필터처럼 이물질을 걸러내는 장치도 있지만, 그것과 반대되는 역할을 하는 필터도 있다. 의도적으로 현상을 왜곡하는 필터. 이 필터는 사회에서 명령한 바람직한 모습만을 보이게끔 만든다. 주름살과 기미, 모공을 사라지게 만드는 카메라 필터는 '나이 들지 않은 건강하고 아름다운 몸'이 바람직하다는 명령을 따른다. 모든 걸 긍정적으로 해석하는 긍정 필터는 슬퍼하고 분노해야 할 때에도 '다 뜻이 있는 일' 혹은 '내 일이 아니어서 감사하다' 따위의 메시지로 변화를 거부하고 불의를 방관하게 만든다.

필터는 다른 말로 편견, 선입견, 차별이다. 우리는 몇 겹인지 모를 필터를 입은 상태에서 소통을 시도한다. 우리 사이에는 여러 겹의 필터가 있다. 몇 겹의 오해를 통과해 가끔 진심이 닿는 순간이 있어도 그 순간이 얼마나 지속될 수 있는지, 그것을 소통이라고 할 수 있는지 장담할 수 없다. 보다 선명한 소통을 위해서 나와 당신은 우리 사이에 놓인 필터들을 인지하려고 노력한다. 비록 모든 편견을 지우는 일이 불가능할지라도, 번번이 실패할지라도 노력을 포기할 수는 없다.

그런 의미에서 내가 필터 벗기를 자주 실패하는 상대는 가장 가까이에 있는 반려견이었다. 내 무능을 인정해야만 비인간 동물과 인간 동물인 나 사이에 소통 가능성이 조금이나마 열린다는 사실을 알게 된 이후, 함께 사는 이들을 귀여움 필터를 지우고 보고 들으려 애쓰고 있다. 내 마음을 표현한다고 마구잡이로 쓰다듬는 대신, 오줌과 변의 상태를 체크하고 한 번 더 산책하고 세심하게 바라보는 게 우리 사이의 소통이라는 걸 배워나가는 중이다.

이렇게 비슷한 귀여움 필터를 입은 대상 중에는 어린이가 있다. 유튜브 영상 타래를 쫓다가 우연히 여섯 살 언니와 네 살 동생이 싸우는 영상을 보았다. 언니의 행동에 화가 난 동생은 또박또박 자기 의견을 피력하며 언니도 양보하라고 요구한다. 나도 모르게 '아이고, 애기가 말도 잘하네'라고 생각했고, 역시나 영상에는 귀엽다는 댓글이 도배되어 있었다. 각종 예능에서도 힘들거나 화날 때 자기 감정을 표현하는 어린이에게 바로 붙는 반응은 "아이구, 그랬쪄?"이다. 그들의 의견은 의견이 되지 못한다. 그저 칭얼거림, 어리광, 애교로 보일 뿐이다.

《사람, 장소, 환대》의 저자 김현경은 귀여움의 필터를 '어리광 피우는 여자와 너그럽게 받아주는 남자'라는 낭만적인 각본으로 연결한다. 이 각본의 배경에는 남성보다 열악한 여성의 임금과 재계, 정계, 학계 등을 차지하는 남성 권력이 있다. 외국인 역시 언어가 서툴고 체류국의 문화가 낯설다는 이유로 비슷한 위치에 놓인다. 이를 김현경 교수는 '사회적인 타자화가 유아화infantilization를 동반한다'고 설명한다. 장애인이나 거동이 불편한 노인, 생활 보호 대상자도 곧잘 아이처럼 '취급'된다. 여기에서 아이처럼 취급된다는 건, "더 작은 명예를 지니며, 더 쉽게 모욕당하고, 그러면서 그 모욕의 무게를 평가절하당한" 사람. '불완전하고, 모자라는 사람'이라는 뜻이다. 소통할 대상이 아닌, 어르고 달랠 대상이 되는 것. 그것만큼 간단하게 존재를 무시하는 방법은 없다. 책의 저자는 조건 없는 환대의 가능성을 구체적인 장소와 상호작용을 통해 묻는다.

"우리는 모두 낯선 존재로 이 세상에 도착하여, 환대를 통해 사회 안에 들어오지 않았던가?"[16]

어떤 권력관계 안에서 누가 누굴 귀여움의 필터로 볼 수 있는가. 귀여움의 대상이 되는 존재는 누구인가. 쉽게 써온 '귀엽다'는 표현이 어떤 권력관계를 갖고 있는지 알아차리면, 내가 써온 표현이 섬뜩하게 느껴진다. 청소년의 문제제기는 '중2병'이 되고, 여성의 문제제기는 '히스테리'가 된다. 나와 우리는 또 누구의 말을 가볍게 만드는 일에 동조하고 있을까? 나도 모르는 새 그렇게 여기는 건 얼마나 많을까? 모든 필터는 소통의 불가능성을 향한다. 나는 우리 사이에 놓인 필터가 몇 겹인지 셀 자신이 없다. 하지만 그 필터를 하나씩 알아차리는 일이 소통의 시작이라는 사실은 안다.

이어질 수도 아닐 수도 있는, 고작 그 정도의 가능성. 소통이 이만큼이나 어려운 것이라서 목숨을 건 도약이라 하나 보다. 목숨을 걸고 꺼낸 말도 들리지 않을 수 있다. 열심히 내민 손도 닿지 않을 수 있다.
— 보배, 《우리는 무지개를 타고》[17]

우리 사이에는 필터가 있다. 그걸 하나씩 알아차린다. 한 겹씩 벗기려고 노력한다. 우리는 어느 순간 아주 잠, 깐

닿을 수도 있다. 그 순간을 위해 우리는 기꺼이 부지런해진다. 불가능하고, 고작 그 정도의 가능성일 뿐일지라도 다가올 선명한 순간을 위해.

누가 소나를
화나게 했을까

밤아, 너와 함께 영화 〈마이크를 든 소나〉를 봤던 날이 떠올라. 그날은 늦여름이었고, 우리는 오후 내내 뒹굴거리다가 거의 동시에 비슷한 말을 했어. "아, 영화 봐야지!" 더는 미룰 수 없었어. 한 달 뒤에 나는 EBS다큐영화제에서 강연을 하기로 약속되어 있었지. 이 영화를 본 뒤에 '마이크를 잡은 여자들'이라는 주제로 강연을 하기로 했어. 일 때문에 영화를 봐야 하는 상황이었지만, 최대한 즐겁게 영화를 보고 싶었어. 본격적으로 보기 전에 너와 함께 집 앞 빵집에서

올리브 치아바타를 사 왔어. 영화를 볼 때는 빵과 커피가 있어야 하잖아? 너는 여느 날처럼 나에게 커피를 내려줬고, 나는 침대에 기대어 커피와 빵을 먹으면서 편안한 마음으로 노트북 화면을 재생했어.

소나는 인도의 예술가야. 노래하고 춤추며 자기 자신을 표현하는 사람이야. 소나는 화려한 장신구와 진한 눈 화장, 관능적인 옷을 입고 무대를 누벼. 자신의 몸과 힘을 긍정해. 영화의 절반이 지났을까, 너는 물었지. "근데, 영화를 왜 이렇게 만들었을까? 나는 소나의 여러 면이 나왔으면 좋겠는데, 형식이 아쉽다. 다르게 표현하면 좋았을 거야. 거의 소나가 화내는 모습만 비추잖아. 소나가 멋있는 건 사실인데, 나라면 다양한 방식으로 소나를 표현하는 방법을 고민했을 거야." 나는 네 말을 듣고 잠시 영화를 멈췄어. 그리고 조금 슬퍼졌어. 어딘지 익숙한 상황이었기 때문이야.

함께 영화를 보거나 책을 읽은 뒤에 비슷한 말을 자주 들었어. 이야기보다는 이야기 형식에 집중하며 비평하는 사람들. 그리고 그 일이 자기와 아무 상관없는 것처럼 거리 두는 사람들. 그럴 때마다 나는 아득한 거리감을 느껴왔어. 네

말처럼 영화 속 소나는 계속 화를 내. 소나의 다양한 모습을 보일 수 있다면 정말 좋았겠지. 그런데 정말 소나가 무대에 설 때마다 화를 내게 되는 상황이라면, 어떻게 형식으로 다양성을 담을 수 있을까? 소나는 다양성이 존중받는 세상이 아름답다고 온몸으로 외치는데, 온 세상이 소나에게 제동을 걸어. SNS에서는 소나에게 관심종자에 미풍양속을 해치는 불순한 여자라는 댓글이 수없이 달리고, 뉴스에서도 소나는 아이들의 교육에 해가 되는 문란한 여자로 소개되지. 어느 사원에 갔을 때는 '남성 보호자가 없으면 여자 혼자 출입하지 못한다'며 제지받고, 모두가 노래할 수 있는 공간에서 여자는 노래를 부를 수 없어. 경전에는 여성은 남성에게 헌신해야 한다는 내용이 있고, 그 경전은 남성이 썼지. 대학 축제, 지역 축제 등 여러 축제에 불리는 사람 중 여성 아티스트는 5퍼센트도 안 돼. 소나는 덤덤하게 말해. 자기는 항상 문제아라고 낙인찍혀왔기에 그런 시선이 무척 익숙하다고 말이야. 어릴 때 사촌의 오토바이를 탔다는 이유로 집안에서 정신 나간 골칫거리라는 얘기를 듣고, 지금도 그녀의 부모는 소나의 작품을 보거나 듣지 않아.

소나는 그 모든 일에 문제를 제기해. 왜 여자 혼자 사원에 출입할 수 없나요? 왜 여자는 밖에서 노래할 수 없나요? 왜 축제 라인업에 여성 아티스트는 없나요? 돌아오는 대답은 뻔해. 내 딸도 노래를 정말 잘 부르는데, 집 안에서만 불러요. 여자가 집 밖에서 노래하는 건 좋지 않죠. 여성 아티스트가 어디에 있나요? 없으니까 부를 사람이 없지요. 여자는 경전을 쓸 수 없어요. 남성은 경전을 쓰고, 여자는 그 경전을 따라 길을 찾죠.

가족, 종교, 법, 무대를 비롯한 모든 공간. 소나를 둘러싼 세계 전부가 소나에게 입 다물라고 말하고 있어. 그러니까 이 영화의 원제가 〈Shut up Sona〉겠지. 닥쳐, 소나. 소나는 그 요구를 따르지 않아. 닥치지 않기로 선택해. 그럴수록 비난은 거세지고, 거세지는 만큼 소나는 저항해. 영화에서 소나의 입체적인 면이 보이지 않아서 아쉽다고 말했지? 나도 공감해. 그런데 나는 문득 영화에서 소나의 남편이 한 말이 떠올라. 부당함에 항의하겠다는 소나에게 남편은 말하지.

"당신은 예술가가 아니라 꼭 운동가 같아."

만약에 말이야, 만약 소나가 음악에만 집중할 수 있었

다면, 자기 자신이라는 이유로 세상과 싸우지 않아도 됐다면 소나는 음악에만 집중할 수 있었을 거야. 너의 말처럼 영화 속에서 소나가 계속 화내는 모습이 보이는 비중이 줄었을 수도 있었겠지. 음악에 대한 열정에만 취할 수 있는 환경이었다면 분명 소나는 여유로운 표정으로 무대를 즐기는 예술가로 살 수 있었을 거야. 그런데 소나는 그것만 신경 쓸수가 없어. 그녀를 취재하러 온 사람들은 그녀의 작업보다 화장과 옷, 머리 스타일에 관심 있어. 그녀의 가슴과 사생활에 관심을 둬. 그러니까 소나는 날카롭게 말하게 되는 거야. "음악이나 들으라고 해요. 비평이나 제대로 하라고. 화장이나 옷에 관심 끄고." "다 남자예요. 아름다움을 찾을 때만 여자를 찾죠. 여자가 설 무대는 없어요."

그럴 때마다 소나는 도돌이표 같은 말을 들어. "진정해요." 소나는 그 말을 남편과 부모, 언론과 법, 익명의 대중에게 들어. 소나는 항변할 때마다 자기가 절대 감정적인 게 아니라고 덧붙여. 체념한 듯 이런 말을 뱉지. "누가 이해해줄까요. 전 그저 살려고 하는 건데." 세상은 소나에게 닥치라고 하고, 소나는 닥치지 않겠다고 항변하고, 소나의 항변은 또다시 골칫거리로 여겨져. 소나는 결코 빠져나올 수 없는 미로에 갇힌 거로 보여.

　미로에 갇힌 기분. 너도 느껴본 적 있을까? 여자가 어디 기저귀를 차고 교단에 올라오느냐고 한 목사가 말했었지. 여성 음악에서는 자궁 냄새가 나서 듣기 싫다던 어느 인디 가수의 이야기를 너도 들어본 적 있지? 문단, 언론, 예술, 문화 기획, 학교. 곳곳에서 셀 수 없이 이어진 미투 운동을 우리 함께 목격했잖아. 목격이 아니라 함께 경험했잖아. 우리는 그런 세상에서 살고 있어. 나 역시 한 보수 기독교 대학에서 페미니즘 강연을 했다가 '페미니즘이 자유 섹스를 설파한다'며 강연 중 반대하는 피켓 시위를 경험하기도 했지. 그때 강연을 주최했던 학생들 다섯 명이 징계받는 일도 있었어. 성평등을 비롯한 평등을 말하는 일은 왜 자꾸 누군가를 싸우게 만드는 걸까?

　밤아, 이제는 익숙해진 맨스플레인mansplain이라는 말. 너도 많이 들어봤지? 그 말은 남성을 뜻하는 영어 단어 맨man과 설명이라는 뜻의 영어 단어 익스플레인explain의 합성어야. 남성의 말은 객관적인 언어로 공인된 '설명'으로 해석되고, 마땅히 가르치는 말이 되지. 여성의 언어는 주로 불만이라는 뜻의 영어 단어 컴플레인complain으로 번역되어왔어. 객관성이 결여된 감정적인 말, 불평불만으로 무시되어온 거야. 그러니까 아무리 소나가 부당함에 저항해도 그 말은 정당한 요구가 아니라 사소한 것에 목숨 거는 피곤한 여자의 말로 폄하되는 거지. 언어라는 것이 단지 기술의 문제가 아니라 발화자에 따라 권위가 부여된다는 거, 너도 잘 알 거야.

나는 누구와도 싸우고 싶지 않았어. 소나도 그럴 거라고 생각해. 갈등은 누구보다 나를 아프게 하니까. 내가 나라는 이유로 마찰음이 끊이지 않는 건 너무 고단한 일이니까. 홍은전 작가가 《그냥, 사람》에서 말했던 것처럼, 차별받는 사람이 저항하는 사람이 되는 일은 기적이라는 말은 진실이야. 차별은 사람을 의심하고 웅크리게 하지. 자기 자신을 의심하게 만들어. 그들의 요구대로 조용히 사라지게 되기도 해. 그래서 나는 소나가 정말 멋있어 보였어. 원제는 〈Shut up Sona〉인데, 번역된 제목에서 소나는 계속 마이크를 들고 있으니까. 내 눈에 소나는 프레임을 벗어난 입체적인 존재로 보였어. 소나는 역사적으로 외면당해온 여신의 계보를 더듬으며 그들을 향한 노래를 만들어. 무대에서 당당하게

209

춤을 춰. 부당함에 항의하고, 미투 운동에 적극 연대하지. 해 맑게 웃고, 슬픈 표정을 짓기도 해. 나는 영화 속 소나의 모습이 기적처럼 보였어. 그렇게 수많은 공격을 당하면서도 그녀는 절대 닥치지 않고 있잖아. 그게 너무 힘든 일이라는 걸 알 수 있잖아.

밤아, 다시 너와 그 영화를 본다면 너는 어떻게 느낄까? 그땐 영화의 형식이나 구성의 아쉬움보다 소나가 처한 현실에 집중해줄까? 그 현실이 지금 이곳에 그리 멀지 않게 벌어지는 일이라는 걸, 사실 네 곁에 있는 많은 이가 매일 부딪치며 마찰음을 내고 있다는 걸 네가 알아줄까? 너와 커피를 마시며 서로의 다름을 발견하고 부딪치는 시간은 나에게 즐거운 자극을 줘. 그런데 네가 없는 곳에서 홀로 밤거리를 걷거나 강단에 설 때, 글을 쓸 때마다 나는 꼭 싸우는 사람이 되어야 해. 우리가 나누는 논쟁의 주제가 현실에서 나를 짓눌러. 그런 순간을 너는 알고 있을까?

누군가는 나에게 진정하라고 하지. 하지만 나는 존재하기 위해 멈출 수 없어. 그런 나와 소나, 여러 존재의 아픔을 네가 알아주길 바라. 사실 네가 내려주는 커피가 정말 맛있다고 말하고 싶었는데, 편지가 길어졌어. 이 글이 너를 비난하거나 싸움을 거는 글이 아니라는 걸 네가 알아줄 거라고 믿어. 너에게 우리가 속한 이 세계에서 벌어지는 일을 전달하는 게 나에겐 사랑이라는 것을 알아주면 좋겠어.

추신

며칠 전, 나는 여러 사람과 〈마이크를 든 소냐〉를 본 뒤에 그들 앞에서 강연했어. '마이크를 잡은 여자들'이라는 주제로, 무대에서 마이크를 잡았어. 그곳에서 나는 닥치라고 요구하는 세상에서 닥치지 않은 여자들을 소개했어. 함께 닥치지 말자고 말했어. 영화 엔딩에 올라온 문구를 읽으며 강연을 마무리했어.

"'평등을 위해 세상, 그리고 자기 자신과 싸우고 있는 여성을 위해 이 영화를 바칩니다.' 많은 여성이 기회가 주어져도 익숙한 자기 의심과 부정 때문에 지레 포기하곤 해요. 저도 그런 적이 많았어요. 그런데 처음부터 잘하는 사람은 없잖아요. 계속 시도하고 실패하며 나아질 기회를 만드는 일도 소수자를 위한 무대를 마련하는 일이라고 생각해요. 소나가 왜 단지 세상이 아닌, 자기 자신과 싸우고 있는 여성이라고 표현했는지 함께 생각해보면 좋겠습니다. 각자의 방식으로 표현하며 존재하길 바라요."

　강연이 끝난 뒤, 두 명의 여성이 나에게 다가왔어. 여성 야구부에서 활동하는 분들이었어. 그분들은 명함을 내밀며 말했어. "소나처럼 무대에 서는 분야도, 작가님처럼 글을 쓰는 분야도, 저희처럼 운동을 해도 같은 차별을 겪는 것 같아요. 남성보다 더 많은 걸 증명해야 하고, 그 증명의 기준 역시 '그들'의 법칙에 따라야 하죠. 오늘 정말 힘이 됐어요. 우리 앞으로도 연대해요."
　코로나 때문에 손을 맞잡을 수는 없었지만, 나는 우리의 영혼이 포개졌다고 느꼈어. 마스크 때문에 난 그녀들의 눈빛만 볼 수 있었지만, 그 순간 그녀들과 나는 분명 같은 표정을 짓고 있었을 거야.

무대 뒤에서
함께 만드는 변화

김해 장유도서관에서 강연 섭외 메일을 받았다. 메일을 열어보니 다정한 안부 인사와 간단한 자기소개가 보였다. 강연을 기획하게 된 계기와 그 자리가 어떤 자리가 되면 좋겠는지에 대한 방향성이 적혀 있었다. 그 뒤로는 숫자를 붙여 강연 일정, 시간, 대상, 형식, 강연 장소와 강연료, 강연료 입금 일시가 차례대로 정리되어 있었다. 더불어 세 장의 사진이 첨부되어 있었는데, 강연 장소를 여러 각도에서 찍은 사진이었다. 나는 일정을 확인한 뒤에 바로 답장을 보냈다.

"제가 더 질문할 게 없는 꼼꼼한 안내 감사합니다." 고양에 사는 나에게 김해는 꽤 먼 거리였지만, 거리감을 뛰어넘을 만큼 깊은 신뢰를 나는 이미 느끼고 있었다.

강연이 확정된 뒤로도 꼼꼼함은 이어졌다. 강연에 필요한 기기와 물품이 무엇인지, 홍보 자료에 사진을 활용해도 괜찮을지, 책 글귀를 인용해도 괜찮은지, 강연 전후 식사는 어떻게 하는지 물으며 픽업을 해줄 수 있다는 내용까지 정리된 메일이 도착했다. 그때마다 감격해서 감사하다는 말을 반복했다. 내가 강연을 수락했을 때, 사서 선생님은 "바쁜 시간을 쪼개 먼 거리를 달려오시는 만큼 누가 되지 않도록 꼼꼼히 준비하겠습니다"라고 말했고, 그 말은 바로 앞에서 현실로 일어나고 있었다.

강연 노동을 하면서, 나에게는 꼭 필요한 서류가 생겼다. 지자체나 재단 지원사업으로 강사료를 지급할 경우 대부분 이력서가 필요한데, 덕분에 2016년부터의 강연 경력을 적은 강사 카드가 생겼다. 종이에는 내가 다녔던 여러 공간이 한 줄로 기록되어 있다. 리스트를 쭉 읽으면 그리운 장소와 얼굴 들이 떠오른다. 무대에서 이야기를 나눈 경험만큼, 무대 뒤에서 경험한 일도 겹겹이 새겨져 있다. 그중에는 이번처럼 합이 딱 맞아 감격한 순간도 있고, 서툴지만 최선을 다해 좋은 자리를 만들려고 협동했던 기억도 있고, 조금은 찜찜하게 남은 기억도 있다.

어느 날 밤 11시에 모르는 번호로 전화가 왔다. 받자마자 "글쓰기 수업을 해주면 좋겠다"는 목소리가 들렸다. 나는 얼떨결에 알았다고 답하고, 메일로 내용을 보내달라고 부탁했다. 메일 내용도 전화 통화와 크게 다르지 않아서 하나하나 질문해야 했다. 대상이 누구인가요? 장소는 어딘가요? 강연료가 어떻게 되나요? 그 뒤로도 그분은 이른 아침이나 늦은 밤에 전화해 강연과 상관없는 이야기를 털어놓아서 나를 당황하게 했다. 몇 달 뒤, 같은 곳에 초대받은 동료 작가가 비슷한 경험을 했다는 얘기를 듣고, 당시 문제를 제대로 표현하지 못한 게 마음에 걸렸다. 만약 내가 정확하게 말했다면 다른 강연 노동자가 당황할 일도 없었을 거고, 그도 다른 사람에게 모르는 새 무례해지지 않을 수 있었을 거였다.

한번은 경기도의 한 중학교에서 전교생을 대상으로 성

215

교육이 예정되어 있었는데, 교장의 반대로 강연 며칠 전에 인원이 스무 명으로 바뀌었다. 담당 선생님은 청소년 대상이니 자극적인 이야기나 정치적인 색을 조심해달라고 당부했다. 그 말이 이해되지 않았지만, 일단 알았다고 답하고 어느 정도가 허용될지 가늠하면서 내용을 정리했다. 결과적으로 무척 급진적인 이야기로 들렸는지 학생들에게 "자유로워진 기분이에요!"라는 피드백을 들었지만 말이다. 정치적인 색을 빼고 치우치지 않게 강연하라는 제안은 청소년 대상 강연뿐 아니라 다양한 곳에서 자주 듣는 말이다.

여러 경험을 거치며, 나는 강연도 노동이라는 마음으로 섭외 메일 앞에서 당당하게 권리를 요구하기로 다짐했다. 그건 나를 포함한 동료 강연 노동자들, 그리고 섭외하는 상대에게도 필요한 경험일 거였다. 지난겨울, 한 공공기관에서 직원 150명을 대상으로 하는 다양성 교육 섭외를 받았다. "너무 한 방향으로 치중되면 문제가 발생할 수 있을 거로 생각합니다." 이 문장 앞에서 '이분은 내 글을 읽고 나를 섭외한 걸까' 의심이 들었지만, 잠시 망설이다가 답장을 보냈다.

"강연에 제 관점이 녹아 있으니까 치우치게 보일 수밖에 없을 텐데, 저는 퀴어 페미니즘과 아픈 몸, 장애 등 차별에 대한 이슈는 모두에게 필요한 이야기라고 생각합니다." 더불어 홍보 포스터에 작가의 학력을 기재하는 부분도 건의했다. "프로필에 꼭 학력이 들어가야 할까요? 그런 문화는 바뀌면 좋을 것 같아 말씀드립니다." 그러자 바로 답장이 왔다. "작가님 의견을 적극 반영하겠습니다. 알려주셔서 감사해요. 학력을 빼고 올려보겠습니다!" 나는 아주 작은 변화라도 만들었다는 사실에 기뻤다. 앞으로 그 기관에서는 작가의 학력을 기재하지 않을 거고, 페미니즘을 '편향적'이라고 수식하지 않을 거로 믿고 싶었다.

무대를 마련하기 위해 얼마나 많은 품이 드는지 알기에 처음엔 내 권리를 말하기가 조심스러웠다. 내가 너무 까다로운 걸까? 하지만 서로 존중하는 무대 뒤 문화를 일구는 과정도 내게 주어진 역할이라고 믿었다. 결과보다 과정이 중요하다는 말은 강연자가 마이크를 잡는 순간 이전의 모든 소통 과정에도 적용될 테니까.

그간 곳곳에서 강연 노동의 권리가 논의되면서 내가 굳이 묻지 않아도 노동조건을 알 수 있는 섭외 메일이 늘고 있다. 누군가의 '말하기' 덕분에 내게도 주어진 변화다. 나는 앞으로도 권리를 이야기하는 강연 노동자이자 그 자리를 준비하는 또 다른 노동을 알아보는 사람이 되고 싶다.

코로나가
물었다

온라인 강연의 첫인상은 반가움이었다. 검은 화면이 하나둘 켜지면 눈, 코, 입이 보인다. 표정이 보인다. 화면을 응시하는 눈, 올라가는 입꼬리, 어색한 듯 코를 만지는 손가락, 수줍은 표정, 멍한 표정. 최근 몇 년 사이 오프라인 강연장에서는 보기 힘들었던 모습이다. 나는 당신의 얼굴을 보고 당신도 내 얼굴을 본다. 우리는 서로를 본다. 비록 화면 속이었지만, 어색해서 눈길을 피하거나 빙그레 미소 짓는 얼굴을 보는 건 무척 반가운 일이었다.

강연을 앞두고 나는 자만하고 있었다. 나에게 온라인 강연은 마치 오픈 북 시험 같았다. 혹시 중간에 말이 막히면 노트북 옆에 준비한 대본을 슬쩍 보면 되니까 실수할 일도 적을 거라고 믿었다. 게다가 공간을 이동하지 않고 익숙한 내 방에서 편안하게 진행하면 된다니, 얼마나 좋은 노동환경인가! 화면에 보이는 상반신은 단정하게 입고, 보이지 않는 아래는 수면 바지를 입었다. 노트북 옆에는 수박과 아이스 아메리카노를 가져다 두었다. 준비는 완벽했다. 평소보다 가벼운 마음으로 강연에 임했다. 화면이 켜지자 손을 흔들며 반갑게 인사를 나눴다.

그렇게 두 시간이 지나고 노트북 전원을 끄자 검정 화면에 내 얼굴이 비쳤다. 이마와 인중에 땀이 맺힌 얼빠진 상태의 한 사람이 보였다. 처음엔 인터넷 연결이 문제였다. 피피티를 띄울 때마다 화면이 멈췄다. 몇 번의 시도 끝에 겨우 피피티 화면이 안정되어서 말을 시작하려는데, 3분도 안 돼서 주최 측 선생님에게 전화가 왔다. "작가님, 지금 작가님 말소리가 안 들려요!" 긴급한 목소리를 듣고 바로 컴퓨터를 재부팅하고, 인터넷을 재연결했다. 실패를 거듭하다가 가까스로 휴대폰 핫스팟으로 인터넷을 연결하고서야 시스템이 안정되었다. 그 사이 15분이 흘러 있었다.

환경이 안정되었으니 이제 잘 수습만 하면 됐다. 그러나 충만하던 내 에너지의 30퍼센트는 당황하는 데 쓰였고, 30퍼센트는 수습하는 데 쓰였다. 남은 에너지를 끌어서 자연스럽게 말을 시작하려는데 막상 입을 떼자 어딘가 이상했다. 어색해. 어색하다. 어색함의 기운을 타고 잡생각이 침투했다. '지금 내 말이 잘 들릴까? 또 끊기는 건 아니겠지? 다들 내 얘기를 잘 들어주고 있을까? 너무 지루하진 않을까? 내가 말을 너무 빨리하나?' 익숙한 의심이었지만, 이전과 다르게 의심이 더 생생하고 적극적으로 다가왔다.

나는 지금 내 목소리를 듣고 있는 사람이 서른 명이라는 사실을 알고 있는데, 단 한 명도 느낄 수 없다. 의자가 바닥에 끌리는 소리, 인쇄물 넘기는 소리, 사각사각 필기하는 소리, 숨소리, 웃음소리가 사라진 자리에는 적막만 감돌았다. 그 적막을 깨는 건 오로지 내 목소리 하나였다. 생각이 다른 길로 빠져서 내용이 산으로 갈 때마다 식은땀을 흘리며 주문을 외웠다. '지금 내 앞엔 사람이 있어. 평소처럼 하자. 집중하자.' 집중하려고 마음먹은 순간 이미 집중은 흐트러졌다. 어색한 나머지 나는 중간중간 실없이 웃으며 말을 이었다. 그렇게 진땀 뺀 첫 온라인 강연이 끝났다.

그날 나는 오래전부터 알고 있던 문장을 체감했다. '강연은 독백이 아니라 대화입니다.' 교감을 느낄 수 없는 순간이 되자, 그간 우리가 해왔던 게 교감이었다는 걸 알게 되었다. 서로의 눈빛을 보고, 자세나 소리, 반응에 신경 쓰며 말이 가는 길을 조율하는 일. 말의 속도를 조정하는 일. 그건 분명 혼자 하는 모노드라마가 아니라 여러 등장인물과 함께 만들어가는 연극이었다. 상대의 반응을 알 수 있는 작은 단서 없이 혼자 떠드는 두 시간은 어느 때보다 고독하고 막막했다.

그 뒤로 온라인 강연에서도 서로를 느낄 수 있는 방법을 고민했다. 인원이 적은 경우에는 잠시나마 마이크를 켜서 돌아가며 자기소개하거나 의견을 나누었고, 인원이 많은 경우에는 채팅창을 통해 대화를 유도했다. 가능하다면 최대한 카메라를 켜서 얼굴이 보이게 해달라고 부탁했다. 그렇게 하면 혼자 말하는 느낌이 줄어들 것 같다는 내 말에 사람들은 수줍게 화면에 얼굴을 내밀었다. 참여자들이 얼굴을 공개하기 힘든 경우에는 주최 측 선생님에게라도 얼굴을 공개해달라고 부탁했다. 강연할 때 선생님의 반응을 살피면, 혼자인 기분이 덜했다. 스스로 이야기에 몰입하기 위해 오프라인 강연 때보다 표정이나 손짓을 더 크게 움직이기도 했다. 여러 시도를 거듭하며 나는 혼자인 것 같지만 혼자가 아닌 온라인 강연에 익숙해져 갔다.

만반의 준비를 해도 언제나 변수는 생긴다. 강연 중에는 마이크를 꺼달라고 미리 요청해도 실수가 생기는 경우가 잦았는데, 덕분에 강연 중에 지하철 노선을 안내하는 소리, 친구와 대화하는 소리, 하품 소리 등을 실시간으로 듣기도 했다. "○○님, 음 소거 부탁드려요"라고 말하면 당사자는 죄송하다며 황급하게 마이크를 끈다. 이런 실수야 충분히 가능하고 웃을 수 있는 일이지만, 악의적인 반응도 있다. 임신중지 권리를 말하는 중에 갑자기 채팅창에 'ㅋㅋㅋㅋㅋㅋㅋㅋㅋㅋ'를 연달아 올리는 사람이 있었고, 갑자기 마이크를 켜서 "풉, 웃긴다"라며 비웃고 나가는 경우도 있었다. 모두가 보는 피피티 화면에 누군가 크게 X 자를 긋는 경우도 있었다.

강연 중에 공격적인 질문이나 눈빛, 한숨 소리, 펜을 던지는 제스처 등은 드물지 않게 경험해왔다. 하물며 온라인이라고 이런 반응이 없을까 싶지만, 타인의 악의 앞에서 위축되는 건 어쩔 수 없었다. 게다가 온라인의 익명성에 기댄 공격은 더 노골적이어서 훨씬 직접적으로 느껴지기도 했다. 그럴 때마다 애써 채팅창을 보지 않으려고 노력했다. 심각한 상황에서 웃는 소리가 들리면 팔에 소름이 돋아도 애써 안 들리는 듯 의연하게 다음 이야기를 이어갔다. 그렇게 강연이 끝난 다음에는 스스로를 다독이는 데 많은 시간을 써야 했다.

공격만큼 응원도 가까웠다. 오프라인 강연에서는 끝난 뒤에 나에게 다가와 인사를 건네야 하는 과정이 있다면, 온라인에서는 채팅을 통해 나누고 싶은 말을 바로 전달할 수 있으니 벽이 낮아진다. 강연이 끝나고 사랑한다는 고백을 이토록 넘치게 들은 건 온라인 강연을 할 때였다. 두 시간 내내 '나 잘하고 있는 걸까' 고민하다가 끝날 즈음 쭈르륵 채워지는 채팅창을 보면 그때만큼 뿌듯하고 행복한 순간이 또 없다. '아, 잘 들어주셨구나. 다행이다. 고맙다.' 이런 마음으로 응원의 말들을 천천히 읽는다. 그 마음을 저장하고 싶어서 나는 때마다 채팅창을 캡처한다.

온라인 만남에서 빼놓을 수 없는 매력은 다양한 위치의 사람들을 생활인의 모습으로 만날 수 있다는 점이다. 서울, 광주, 포항, 제주 등 지역, 나이, 성별, 성적 지향까지 모두 다른 사람들이 화면에 옹기종기 모일 수 있다. 어느 집 창문에는 비가 내리고, 어느 집 창문에는 햇살이 비친다. 글 발표를 하다가 갑자기 방문을 열고 들어오는 아이를 달래기도 하고, 반려동물을 안고 함께하는 경우도 있다. 무언가를 먹으면서, 힘들 때면 잠시 화면을 끄고 듣는 경우도 있다. 야근하는 중에 몰래 이어폰으로 연결해서 채팅으로 간간이 참여하는 분도 있었다. 수업이 끝나면 오프라인으로 만나지 못해 아쉽다는 반응이 다수였지만, 다른 후기도 있었다. '아이 낳고 돌보느라 이런 자리는 갈 엄두도 못 냈는데, 집에서 들을 수 있으니 신기하고 기뻐요. 앞으로도 자주 마련되면 좋겠어요.' '비수도권 지역에 살아서 수업에 참여하려면 매번 서울에 가야 하나 고민했어요. 지금이 꿈 같아요.' '몸이 많이 아파서 이동이 어려웠는데, 집에서 편안하게 들을 수 있어서 감사했어요.'

코로나 위기는 즐겁지 않다. 나와 우리가 함께 통과하

는 이 시대가 더 나은 환경을 만들었다고 말하고 싶지도 않다. 게다가 온라인 수업이 지속되며 '온라인 접근성'이라는 상징을 통해 계급 격차와 나이, 장애 차별 문제가 수면 위로 떠올랐다. 집이라는 공간이 지옥인 소수자의 현실이 재조명되기도 했다. 복잡한 심정으로 '지금'을 경유해 질문을 잇는다. 왜 교육권은 주로 수도권을 중심으로 형성되고 마련될까. 왜 저녁이 있는 삶은 모두에게 공평하게 주어지지 않을까. 생활의 무게를 가득 지고 이 자리에 오게 된 각자의 절박함은 무엇일까. 왜 우리는 서로를 원하며, 교감을 필요로 할까. 교육권은 단지 가르칠 권리가 아니라 배울 권리를 포괄한다는 사실을 서로의 지금을 통해 배운다. 어떤 방식으로든 우리가 안전하게 만날 수 있는 각자의 지금들을 바라며.

다양한 몸을 묻다

지난 주말 목포여성장애인성폭력상담소에 다녀왔다. 목적지에 도착하자 흰색 페인트가 벗겨진 오래된 건물이 눈에 들어왔다. 얼핏 학교와 비슷한 외관이어서 무의식적으로 딱딱한 내부를 예상했는데, 예상과 다른 광경이 펼쳐졌다. 경사진 입구에는 휠체어가 다닐 수 있도록 턱이 맞춰져 있었고, 3층 남짓한 낮은 건물에는 엘리베이터가 설치되어 있었다. 모든 문은 옆으로 미는 미닫이문이었고, 강연장 입구는 투명한 자동문이었다. 화장실 칸막이도 휠체어가 충분히 들어가고도 남을 만큼 넓고 쾌적했다. 익숙하지 않은 구조가 나에게는 특별하게 다가왔다.

목포로 이동하는 중 SNS에서 본 사진이 떠올랐다. 어느 대학 엘리베이터 앞에 붙어 있는 스티커였는데, 스티커에는 휠체어 그림과 함께 "오늘도 배려해주셔서 감사합니다"라는 문구가 적혀 있었다. 다양한 몸의 교육권을 보장해야 하는 학교에서조차 장애인의 이동권이 달린(사실 다양한 몸을 가진 비장애인에게도 필요한 수단이다) 엘리베이터 설치는 장애인이 감사해야 하는 일로 여겨진다. 왜 권리가 배려가 되고, 감사한 일이 되어야 하지? 불쑥 들었던 울컥하는 감정이 그 공간에 들어서자 다시 올라왔다.

유리문이 열리고, 강연장에 들어섰을 때 활동가들이 웃으며 나를 반겨주었다. 그곳에서 만난 활동가들과 강연에 참여한 사람들은 다양한 몸을 갖고 있었다. 휠체어를 탄 여성, 목발을 짚은 여성, 지적장애인. 올 한 해 여러 북토크를 다니며 다양한 사람들을 만나왔다고 생각했는데, 내가 만날 수 있는 한에서의 다양성이었다는 사실을 그때 알아차렸다. 겉으로 드러나지 않아도 우리는 서로 다른 몸을 가졌지만, 드러나게 다양한 몸을 만날 기회는 적었다.

새삼 의아했다. 페미니즘과 관련된 이야기를 해서인지

차이가 차별이 되지 않도록 활동하는 단체들을 주로 방문했는데, 왜 그 공간에서도 나는 다른 몸을 쉽사리 마주할 수 없었을까. 문득 떠오른 기억. 인문학 카페를 운영할 때, 자신은 휠체어를 타는 장애인인데 혹시 카페에 휠체어가 들어갈 수 있느냐는 메시지를 받은 적이 있다. 카페는 2층이었고 엘리베이터는 없었다. 계단은 비좁은 편이어서 휠체어를 번쩍 들어야만 겨우 출입할 수 있었다. 나는 이런 사정을 들려드렸고, 혹시 오시게 된다면 팀원들과 함께 도울 수 있으니 꼭 연락 달라고 말씀드렸다. 그분은 끝내 카페를 찾지 않았다. 정확하게는 오지 못한 게 맞을 거다.

목포 강연 전날 나는 밤잠을 설쳤다. 장애인 당사자 앞에서 혹시 내가 감수성 떨어지는 발언을 할까 봐 두려웠기 때문이다. 두 시간 내내 따뜻한 눈빛으로 경청해주는 사람들을 보며 유별나게 신경 쓴 내가 우스웠다. 타자화를 경계해야 한다고 말하면서, 나는 낯설게 느끼고 겁먹고 있었으니까. 강연이 끝나고 내 앞으로 다가온 한 여성이 책을 내밀며 작은 목소리로 말했다. "멀리서 와줘서 고마워요."

활동가 수가 잔뜩 안겨준 칫솔과 포스트잇 같은 선물

을 들고 집으로 돌아오는 길, 이런저런 감정과 생각이 교차했다. 내 주위에는 얼마나 다양한 몸이 있었나. 무엇보다 이 질문이 왜 이제야 다가온 건지를 생각했다.

다 함께 손뼉을 칠까요? 강사의 제안에 사방에서 박수
소리가 들린다. 소위 '명사'로 불리는 이가 중간중간 박수를
유도하는 모습을 볼 때면, 왜 굳이 손뼉을 칠까 궁금했다. 집
중을 위한 장치인가? 이 궁금증은 어느 오후 3시에 해소되
었다. 나른한 오후, 두 시간째 강연을 듣던 나는 고개를 이리
저리 흔들며 졸고 있었다. 그때 강사가 손뼉을 치자고 말했
다. 처음엔 세 번, 다음엔 리드미컬하게 다섯 번. 별생각 없
이 따라 하는데, 치자마자 몸에 활력이 돌았다. 가만히 앉아

있느라 굳어 있던 몸이 손바닥의 마찰로 순식간에 풀어진 거다. 그날 이후 나는 강연에서 한 번씩 박수를 유도한다. 박수가 단지 쇼맨십이나 집중을 위한 도구가 아니라, 가만히 앉아 있느라 피곤한 몸을 풀어주기 위한 작은 배려라는 사실을 알았기 때문이다.

강연장에 도착하면 제일 먼저 체크하는 목록 중에는 참여자들의 의자가 있다. 등받이가 있는가? 바닥이 푹신한가? 이 역시 경험에서 비롯된 체크 사항이다. 네 시간 넘는 포럼을 등받이 없는 딱딱한 나무 의자에 앉아 들었던 적이 있다. 채 한 시간도 안 되어 엉덩이뼈가 지끈지끈 아파졌고, 엉덩이에서 허리, 머리까지 삭신이 쑤셨다. 남은 세 시간을 버티는 에너지로 쏟아부은 다음부터 나는 나와 타인의 엉덩이를 신경 쓰게 되었다. 무대 위에서는 서 있거나 앉거나 걷거나 심지어 율동도 할 수도 있지만, 앉은 사람들은 행동이 제한된다. 그래서 쉬는 시간이 되면 종종 엉덩이들의 안부를 묻는다. "모두 엉덩이는 괜찮나요? 잠깐이라도 일어나거나 걷거나 몸을 풀어주세요. 몸을 혹사하지 마세요." 강연 중에 언제든 일어나거나 바람 쐬고 오거나 엎드려 자도 괜찮다고 미리 공지한다. 중간에 일어나서 스트레칭하거나 나가거나 엎드리는 모습은 나에게 방해나 상처가 아니다. 각기 다른 몸의 안녕을 위해서는 오히려 고요한 소란이 필요하다고 믿는다.

이렇게 신경 쓰는 목록 중에 빼놓을 수 없는 건 화장실이다. 나는 강연을 시작하기 전에 잊지 않고 화장실 공지를 한다. 쉬는 시간이 아니더라도 언제든 화장실에 가주세요. 사뭇 진지한 표정으로 화장실 공지를 하는 나를 보며 피식 웃는 분도 있지만, 그렇게라도 화장실 가는 것을 격려한다. 4년 전 신촌의 작은 책방에서 글쓰기 수업을 하던 날, 한 동료가 몸을 주제로 글을 발표했다. 어느 날부터 방광 근육이 수축되는 질병이 생긴 오렌지는 화장실 가는 빈도를 조절하기가 어려워졌다고 한다. 그때부터 오렌지는 가만히 앉아 있어야 하는 영화관이나 회의, 각종 미팅에 참여하기 어려워졌다. 자기 때문에 흐름이 끊겨 방해될 것 같아서 이번 글 수업에 참여하는 것도 망설이다가 용기를 냈다고 했다. 오렌지의 글을 읽고 그 자리에 모인 모두가 학창 시절을 떠올렸다. 45분이라는 수업 시간 동안 모두가 가만히 앉아 있고,

쉬는 시간 15분 이내에 모두가 화장실을 이용해야 한다는 몸에 대한 좁은 기준을 하나하나 따졌다. 우리는 각기 다른 몸을 살아가는데, 학교에서부터 그 사실을 적극적으로 잊도록 교육받아왔던 거다.

두 사람만 모여도 각자 몸의 차이를 발견할 수 있다. 성격이나 경험의 차이만큼 몸의 차이를 알려고 노력하는 게 관계 맺음의 시작이라면, 하물며 여러 명이 모이는 강연은 어떨까. 당연하게도 강연장에는 다른 몸들이 모인다. 만약 몸의 상태를 고유한 색으로 표현할 수 있다면, 서른 명이 모인 장소는 서른 개의 무지개색으로 채워질 것이다. 그중에는 강연자의 몸도 있다.

나는 각종 만성질환을 안고 살아간다. 달팽이관 전정기관이 균형을 맞추지 못해 순식간에 현기증을 느끼는 메니에르, 불안이 증폭되어 호흡이 가빠지며 쓰러질 것 같은 상태가 되는 공황장애. 이 두 가지는 내가 평생 안고 갈 만성질환이다. 시기마다 편도에 염증이 생기거나, 감기에 걸리거나, 저혈압이 심해지거나, 피부염이 올라올 때도 있다. 매 순간 살아 숨 쉬며 변화하는 몸을 안고 우리는 각자의 자리에서 일상을 살아간다. 글을 쓸 때는 혼자만의 공간에서 몸의 리듬을 파악하며 비교적 노동환경을 조절할 수 있지만, 강연은 다르다. 약속된 시간과 장소가 있기 때문이다. 그간 강연을 하면서 나는 예기치 못한 몸의 변화 때문에 울고 싶은 날이 많았다.

부산에서 연달아 사흘 동안 북토크가 예정되어 있던 어느 여름, 갑자기 피부에 두드러기가 올라왔다. 출발하기 전에 피부과에서 항생제를 처방받아 미리 먹었는데, 숙소에 도착하자마자 염증이 온몸에 퍼졌다. 얼굴까지 염증이 번져서 곳곳에 커다란 고름이 잡혔다. 얼굴 근육을 움직일 때마다 통증이 심해서 나는 그대로 엉엉 울어버렸다. "나 오늘 강연 취소하면 안 되겠지? 그러면 안 되겠지." 그날처럼 간절하게 취소를 바란 적은 없었다. 표정도 짓지 못하고 말하기도 버거운 상태로 가도 괜찮은 걸까. 그래도 약속을 취소할 수는 없었다.

도착한 책방에는 스무 명 이상의 사람들이 책을 품에 안고 있었다. 나는 마이크를 들고 양해를 구했다. "제가 피부염이 몸에 번진 상태예요. 독한 피부과 약을 먹어서 정신도 조금 몽롱한데, 그래도 혹시 목소리가 작으면 언제든 알려주세요. 최선을 다해서 말하겠습니다." 마스크 위로 이해한다는 눈빛을 보았고, 그걸 공유한 뒤에 가끔 헤매더라도 나누고 싶었던 말을 무사히 전할 수 있었다. 평소보다 소리는 작았지만, 그만큼 모두가 집중해주어서 무사히 자리를 마쳤다.

이렇게 넘어간 적도 있지만, 공황장애가 심해져 집 밖에 한 발자국도 나가기 힘들던 시기에는 약속 일주일 전에 강연을 취소해 직접 대타 강사를 구한 적도 있다. 강연은 차질 없이 진행되었어도 약속을 지키지 못했다는 죄책감은 피할 수 없었다. 그 뒤로는 최대한 내 몸의 상태를 고려해 외부 일정을 잡고, 강연 전에 컨디션을 조절하는 식으로 대비했다.

하지만 대비라는 말은 몸 앞에서 얼마나 가벼운 말인지. 몸은 언제나 내 예상을 빗나간다. 대전의 한 단체에 여성주의 글쓰기 강연을 하러 갔을 때는 무대에 서자마자 눈알이 핑그르르 돌았다. 직전까지 괜찮았는데, 무대에 오르자마자 저혈압 증상이 올라온 거였다. 쓰러질 것 같은 상황에서 나는 식은땀을 닦으며 말했다. "제가 저혈압이 있어요. 오늘은 유독 상태가 안 좋아서 지금 조금 어지러운 상태예요. 중간에 조금씩 쉬면서 진행해도 괜찮을까요?" 강연이 끝나고 집으로 돌아오는 길에 내가 프로답지 못한 건 아닌지 의심이 들어 마음이 복잡했다. 아파도 아픈 걸 티 내지 말았어야 했을까? '몸 관리도 능력이야'라고 떠들던 미디어 속 말들이 나를 찔렀다.

다음 날, 주최 측에서 참가자들이 작성한 강연 후기를 메일로 보내주었다. 겁이 나서 열지 못하다가 며칠 뒤 파일을 열었다.

"'제가 저혈압이 있어서⋯⋯.' 홍승은 작가의 첫마디는 사려 깊은 자기소개였다. 여느 강연의 연사처럼 '이름은 무엇이며 어떤 책을 썼으며, 어느 학교를 나왔다'가 아닌 고백은 특별하게 들렸다. 사적이면서도 사소하지 않은 정보를 밝히며 양해를 구하는 그의 모습에 나는 벌써 호감을 느꼈다."

나를 바라본 한 분의 후기를 오래 바라보았다. 아, 우리는 유동적일 수밖에 없는 존재지. 서로의 약함과 변화를 공유하는 사이지. 도무지 예측할 수 없는 몸으로 모였다가 흩어지고, 갑자기 아프거나 사고가 생겨 다음을 기약하고 다시 만나고. 강연도 살아가는 일처럼 흐르는 만남이라는 사실을 자꾸 잊는다. 마이크를 들면 어느 때보다 건강한 모습을 보여야 한다는 강박에 단단하고 당당한 모습만을 보이려고 노력했다. 약한 내 모습을 다르게 바라봐주는 사람이 있다는 사실만으로도 강박감이 옅어진다. 마이크를 든다고 갑자기 철인이 되거나, 아팠던 곳이 낫는 것도 아닌데. 나는 아픈 몸이라는 사적이면서도 사소하지 않은 나와 당신의 모습을 있는 그대로 드러내는 역할을 하기로 다짐했다. 그때부터 내 상태를 숨기지 않고 알리고, 그만큼 앉아서 듣는 사람들의 몸이나 마음이 다양한 상태라는 걸 알아차리려고 노력한다. 우리가 지금 모인 건 다양한 변수를 거쳐 우연히 다가온 기적 같은 일이라는 걸 잊지 않으려고 애쓴다. 서로의 마음, 기분, 몸의 안부를 물으며 함께 그 시간을 건넌다.

나에게는 꼭 해보고 싶은 강연이 있다. 이것은 이다울 작가의 《천장의 무늬》에서 읽은 문장에서 비롯된 상상이다. 만성질환을 안고 살아가는 작가는 말한다.

238

뭐가 됐든 체력이 바닥나도 침대에 누워 웃을 수 있고 배울 수 있다는 사실이 그저 좋았다. 하지만 나는 침대에 누워 이런 생각을 한다. 더 많은 즐거움을 누릴 수는 없을까? 침대 위에서의 낭독회나 파티, 배달이 가능한 전시는 불가능한 것일까?[18]

　나는 상상한다. 침대에 누워 강연하고, 참여자들도 각자 누워서 강연을 듣는다. 그렇게 이야기를 나누다가 누군가는 잠들고, 코를 골기도 한다. 나는 아이가 잠들 때까지 그림책을 읽어주며 꿈을 인도하는 할머니처럼, 조곤조곤 이야기보따리를 푼다. 꿈속에서 우리는 지금보다 나은 세상을 산다. 잠에서 깬 우리는 크게 기지개를 켠다.

이런 나여도 괜찮을까요

얼마 전 다녀온 글쓰기 강연에서 시간에 쫓겨 랩을 하고 돌아왔다. 그 뒤 의기소침해져서 몇 날 며칠을 앓았다. 준비한 내용은 많은데 시간이 부족하다고 느껴질 때 나는 내가 지금 무슨 말을 하는지 모르는 상태로 랩을 한다.

강연을 마치고 집에 돌아온 밤에는 반려인들을 붙잡고 "나 정말 멍청하다"는 말을 몇 번이나 했는지 모른다. 자책은 하면 할수록 깊어져서 다시는 강연하면 안 된다는 생각부터 이대로 살아도 괜찮을까 하는 극단적인 생각까지 이르렀다. 내가 얼마나 소심하냐면, 강연 주최 측이 왠지 나를 원망할 것 같다는 생각에 주최 측의 SNS 계정을 보기도 힘들었다. 그렇다, 나는 정말 소심하고 못났다.

　며칠 전, 강연 주최 측에게 메일을 받았다. 첨부 파일에는 강연에 참여한 분들이 기록한 강연 후기가 담겨 있었다. 망설이다가 오늘에서야 떨리는 마음으로 스무 명의 후기를 읽어나갔다. 내가 준비한 말과 글을 자신의 언어로 재해석한 사람들의 글을 읽으면서, 걱정했던 것보다 메시지가 잘 전달되었다는 안도감이 제일 먼저 들었다. 그리고 한 시간 반 동안의 내 사소한 말과 행동을 기억하는 사람들의 섬세한 시선에 멈칫하며 여러 번 감동했다.

　그날 어떤 사례를 말할 때, "아, 그 이야기는 별것 아닌데…… 아니다 별거죠"라고 잠깐 말을 흐린 적이 있었는데, 한 분이 그 말을 복기하며 '나도 별것 아니라고 생각했지만 별것이었던 사소한 일상적 상황들을 써나가야겠다'는 글을 써주었다. 전달하고 싶은 내용이 많아서 너무 많은 내용을 짜깁기한 것은 아닌지 걱정했는데, 내 말 중 무언가를 잡아서 자신의 이야기로 가져온 사람들의 모습을 보면서 '아, 이 내용은 넣길 잘했다', '시간이 없었어도 이건 얘기하길 잘했다'고 생각했다.

또 어떤 분은 내가 준비한 내용을 표현하는 방식이 무척 조심스럽고 고민한 흔적이 느껴져서 인상 깊었다는 평을 남겨주었다. 나는 그 말에 큰 위로를 받았는데, 사실 요즘 들어 간단하게 설명할 수 있는 말도 점점 불확실하게, 모호하게 말하게 되는 말버릇에 대한 고민이 있었기 때문이다. 한 예로, 여성과 남성이라는 언어를 쓸 때조차 그 언어에 담기지 않는 복잡한 면이 있다고 느껴서 '지정된 성별' 혹은 '성별 정체성'이라는 설명을 앞에 붙이곤 한다. 말에 모호함이 더해지고 망설이는 시간이 늘어나면서 이해하기 쉽게 메시지를 전달하지 못하는 것 같아서 고민했는데. 내 고민을 알아주는 사람이 있다는 사실이 힘이 됐다.

교육학을 전공한 반려인 우주는 교육자로서 내 자기비판적인 태도가 무척 좋은 거라고 말해줬지만, 그것도 몇 번이지. 이제는 내가 울상을 지을 때마다 "또 시작 또 시작 또 시작 또 시작! 제발 정신 차려. 이건 자기비판을 넘어서 지질한 거야!"라고 면박을 준다. 웬만하면 나를 인내해주는 지민조차 요즘에는 내 넋두리를 귀찮아하고, "또 그런다~"
라고 혀를 찰 정도다. 나의 지질함은 함께 사는 식구들을 괴
롭히는 일이기도 하다. 상상해보면 상대가 나처럼 행동하면
나라도 귀찮을 것 같다. 장난으로 핀잔하면서도 인내심으로
나를 토닥여주는 반려인들이 고맙다.

　나는 자주 혼자 땅을 파고 그 속에 들어가 허우적거린
다. 아쉬운 강연을 했다고 내가 아쉬운 사람은 아닌데. 내
이야기를 들으러 온 사람들이 바라는 건 완벽한 강의만은
아닐 텐데(물론 잘하면 더 좋겠지만). 과하게 욕심부리고 혼자
실망하는 패턴을 고치고 싶다. 요즘 들어 누구든 붙잡고 묻
고 싶은 게 늘었다. 꾸준히 글을 쓰려면 어떻게 해야 하나
요? 꾸준히 운동하려면 어떻게 해야 하나요? 이미 나도 답
은 알지만, 귀찮아서 실행하지 않는 것들이다. 그래도 유독
상대에게 질질 매달려서 질문하고 싶은 것이 있다면 바로
이것. 지질함에서 벗어날 방법은 없나요? 나를 조금 더 믿고
말할 수 있는 방법은 없나요? 이런 저라도 계속 말할 수 있
을까요?

괜찮은
침묵

"억지로 말하지 않아도 돼."

텔레비전 채널을 넘기다가 우연히 듣게 된 말 한마디에 마음이 쏠렸다. 리모컨을 누르던 손가락을 멈추고 가만히 화면을 보았다. 상담사의 말에 옆에 앉은 한 사람이 조용히 눈물을 훔친다. 어떤 사연인지 궁금해서 재빨리 그 프로그램을 검색해 재생했다. 10대인 그 학생은 '선택적 함구증'을 갖고 있다. 사람이 싫거나 관심받기 싫거나 말하기 싫은 건 아닌데, 누군가 관심을 기울이거나 말을 재촉하는 순간이면 긴장해서 얼어붙는다. 거리에서 낯선 사람이 길을 묻거나, 미용실이나 옷 가게에서 자기 의견을 말해야 할 때도 입을 떼기까지 시간이 걸린다. 침묵하는 학생 앞에서 사람들은 계속 묻는다. "응? 네가 원하는 게 뭐야? 말을 해줘야 알지. 말을 해봐. 어디 불편해?" 그럴 때마다 학생은 어색한 표정을 지으며 어깨를 잔뜩 움츠린다. 온몸으로 시간이 필요하다고, 지금 상황이 힘들다고 표현하는데, 아무도 알아듣지 못한다.

텔레비전을 끄고 앉은자리에서 생각했다. 말하지 않아도 괜찮다는 말에 나는 왜 반응했을까? 생각해보니 알 것 같았다. 나는 학생이 아닌 주위 사람들의 모습에서 나를 보고 있었다. 당신을 표현하라고, 마음을 드러내달라고 재촉하는 모습. 그의 심정보다 정적의 순간을 신경 쓰는 모습. 침묵을 두려워하는 모습. 모두가 말할 수 있도록 자리를 마련하는 일이 모두에게 통용되는 배려라고 여겨왔던 지난 시간이 떠올랐다. 그 믿음이 누군가를 위축하게 만들었던 순간도.

몇 해 전 겨울, 포항의 한 대학에서 페미니즘 강연을 했다. 강의실에 도착하니 참여 인원이 채 열 명이 되지 않았다. 평소에도 혼자 말하는 것보다 함께 나누기를 좋아하는 나는 그날도 강연을 시작할 때 물었다. "우리 인원도 많지 않은데, 괜찮다면 서로를 알기 위해 간단하게 돌아가면서 소개하면 어떨까요? 어떻게 이 자리에 오게 됐는지 알려주시면 저도 그에 맞게 내용을 조정할 수 있을 것 같아서요. 괜찮으세요?" 전부는 아니었지만, 눈에 띄는 몇몇이 고개를 끄덕였다. 그 모습에 모두가 괜찮은 거라고 믿었다.

한 명씩 돌아가며 왜 페미니즘을 공부하게 되었는지, 어떻게 이곳에 오게 되었는지 이야기를 나눴다. 교내의 성차별적 문화가 불편해서 왔다는 학생부터 친구를 따라왔다는 학생까지 다양한 이야기가 나왔다. 평소처럼 말의 물결이 흘러갈 거라 예상했던 그때, 갑자기 정적이 찾아왔다. 한 학생이 말을 하지 않았다. 기다려도 침묵이 사라지지 않자 당황한 나는 다시 한번 물었다. "아, 혹시 어떻게 오셨는지 말해주실 수 있어요?" 그는 가만히 있었다. (이때 멈췄어야 했는데.) 고민하다가 마지막으로 한 번 더 물었다. "혹시 말해줄 수 있어요?" 얼마간 정적이 흐른 뒤에 그가 입을 뗐다.

"……말하기 어려운데요."

침묵, 예상하지 못한 반응. 당황한 나는 재빨리 바통을 넘겼다. "아, 그럴 수 있죠. 네네, 그럼 다음 분 말씀해주시겠어요?" 남은 시간 동안 머리에서 잡음이 울렸다. 강연이 끝나고 집으로 돌아가는 길에도 생각은 이어졌다. 내가 뭘 잘못했나. 내가 불편하게 한 걸까. 그때 함께 간 지민이 운전석에서 슬쩍 말을 건넸다. "있잖아, 아까 당황했지? 그게 참 어려운 거 같아. 서로를 알아가는 시간이 확실히 분위기를 유연하게 만들기는 하는데, 나는 그런 생각을 했어. 만약 그분이 같은 학교에 다니는 사람들에게 밝히기 어려운 이유가 있었던 거라면 정말 답하기 어려운 질문이 아니었을까. 아니면 사람들 앞에서 무언가 표현하는 일이 다른 사람보다 훨씬 어려운 사람도 있잖아. 그런 차이를 고려하는 일이 어렵지?"

지민의 말을 들으며 몇 시간 전 내가 어떤 모습이었는지 떠올렸다. 맞아, 누구나 자기 이야기를 낯선 사람 앞에서 편안하게 할 수 있는 것도 아니고, 그럴 필요도 없는데. 정말 그가 밝히기 싫은 이야기를 굳이 꺼내야 하는 분위기를 내가 조성했던 것일 수도 있구나. 섬세한 결을 고려하며 대화하는 일은 정말 어렵다. 침묵과 말하기 사이의 미묘한 결 앞에서 나는 자주 갈팡질팡한다.

글 수업을 진행할 때면 나는 글만큼 말을 고민한다. 수업 첫날이면 글 수업에서 필요한 합평 태도를 공유한다. '삶에 조언하지 말고 글에 도움이 되는 이야기 하기. 칭찬은 세밀하고 정확하게 하기' 같은 여러 항목을 소개한 뒤 마지막에 꼭 붙이는 항목이 있다. '주어진 시간에 모두가 발언권을 갖기 위해 시간 조율하며 말하기.' 가끔 소수의 사람이 발언권을 장악하게 되었을 때, 다른 사람들이 자기 의견을 말하기 어려워지는 상황을 경험하며 넣게 된 항목이다.

몇 주 동안 글을 쓰고 읽고 나누다 보면, 어느새 나는 각자의 문체만큼 다른 각자의 말체를 익힌다. 글 쓰는 사람의 스타일이 천차만별인 것처럼, 말하는 스타일 또한 다채롭기 때문이다. 처음 누군가에게 말을 시킬 때 눈치를 살핀다. 버튼을 누르면 바로 이야기가 흐르는 사람이 있고, 버튼을 눌러도 천천히 곱씹고 고민하다가 한 자 한 자 들려주는 사람이 있다. 이건 말을 잘하고 못하고의 문제가 아닌 각자의 리듬과 방식의 다름이었다. 그 차이를 파악하면 서로의 리듬에 맞게 대화할 수 있었다. 생각을 금방 정리하는 편인 사람에게 먼저 묻고, 시간이 필요한 사람은 최대한 발표 순서를 뒤로 미룬다. 이리저리 눈치를 보며 조율해도 이따금 찾아오는 그 순간을 막을 수는 없다.

"그리고 그 순간이 온다."19

침묵이 오는 시간. 안미선 작가가 오랜 시간 여러 여성을 인터뷰하며 말들이 오가는 자리를 기록한《당신의 말을 내가 들었다》에는 침묵에 관한 이야기가 있다. 작가 역시 침묵 앞에서 당황하는 사람이었다. 그는 오랜 경험으로 체득한 침묵 듣는 법을 알려준다. 침묵의 순간은 눈물이 흐르는 순간처럼 때를 알 수 없으며, 이유가 무엇인지도 명확하지 않다. 다만 작은 움직임과 표정의 변화, 손가락의 떨림을 통해 다가온 그 순간에 기꺼이 귀를 기울일 뿐이라고 한다.

나는 침묵이 두려웠다. 침묵은 상대가 나를 지루하게 여긴다는 증거, 나의 말에 흥미가 없다는 증거라고 믿었다.

그래서 더 침묵을 깨고 싶었다. 그런 나를 작가의 말이 두드린다. "그래서 나는 매끄러운 말들이 갑자기 길을 잃는 순간, 서슴없는 서사가 찢기는 순간, 갑자기 우리를 불안에 몰아넣는 그 침묵을 기다린다. 그녀가 성큼성큼 기억의 계단으로 내려가 말할 수 있기를, 그녀만이 알고 있는 진심의 자리에 초대받기를 바란다."[20] 작가는 침묵 뒤에 서서히 고개를 드는 어떤 진심을 기다린다. 침묵을 이야기 없음의 상태가 아니라 이야기의 일부로 듣는다. 침묵을 듣는 일은 침묵이 깨질 다가올 순간 역시 듣고 있는 상태이다.

불안정하고 불안하다고만 여겨왔던 침묵을 다시 생각한다. 침묵은 여러 가지 메시지를 품고 있다. 이미 다른 방식으로 표현하고 있는데 당신이 못 듣고 있어서 힘들다는 서운함의 표현이기도, 아직 상처가 아물지 않았다며 뱉는 신음이기도 하다. 오랫동안 갇혀 있어서 진공 상태에 있다가 무언가 서서히 열리며 피어오르는 불씨이기도, 당신과 이 공간이 이야기를 꺼내기 믿을 만한 곳인지 가늠할 시간이 필요하다는 요청이기도 하다. 침묵을 불안이 아닌, 다른 방식으로 사유하는 것만으로도 불안은 희미해진다.

봄이 되자 새싹이 자라나듯 이곳저곳에서 글 수업 요청이 들어온다. 오랜만에 수업을 진행하기 전에 이전에 썼던 수업 자료를 다듬다가 합평 방식에서 빠진 항목을 발견한다. **'꼭 말하지 않아도 괜찮습니다.'** 이 문장을 마지막 항목에 힘주어 적는다. 투명한 괄호에 문장의 의미를 적는다. **'나는 기꺼이 당신의 침묵을 듣겠습니다.'**

무해한 말은
가능할까

지난봄, 《채널 예스》에서 연재를 시작했다. 연재 제목을 정해야 했는데 주제가 말하기와 듣기였으므로 다양한 후보를 나열했다. 숨지 않고 말하기? 말하는 얼굴? 듣는 얼굴? 들릴 권리? 소란한 침묵? 후보 중에 고심하다 고른 제목이 〈무해한 말들〉이었다. 보다 무해한 이야기가 확장되길 바라는 마음으로 마이크를 잡았던 순간을 기억하며 지은 제목이었다. 첫 연재 글이 올라오던 날, 나는 글보다 연재 제목에 자꾸 눈길이 갔다. 〈홍승은의 무해한 말들〉. 어깨가 뻐근했

다. '무해한 말들을 주제로 글을 쓰고 있다니, 이거 엄청 무모한 일이었잖아?'

누구도 소외하지 않는 불가해한 말. 무해한 말이 가능한지 누군가 묻는다면, 나는 답할 거다.

불가능하다고 생각합니다.

이건 말하는 주체인 나라는 인간만 돌아봐도 알 수 있는 진실이다. 나는 누군가를 사랑한 만큼 상처 주며 살아왔다. 나를 미워하는 누군가를 미워하느라 밤을 새운 적도 있고, 나를 좋아하는 누군가를 미워한 적도 있다. 나는 매일 쓰레기를 배출한다. 매일 피우고 버리는 담배꽁초들, 냉동실에 쌓인 플라스틱 용기의 도시락, 하루 세 잔의 커피를 마시느라 남는 커피 캡슐들. 몸을 씻는 데 사용하는 샴푸와 치약, 몸에 걸칠 옷을 세탁하는 데 쓰는 세제, 이동하며 배출하는 자동차의 매연. 이런 부분을 하나하나 떠올리면, 애초에 지구를 오염시키고 상처 주며 살아가는 나에게 무해함은 가당치 않은 단어로 느껴진다.

말도 마찬가지다. 나는 자주 거친 농담과 욕을 뱉는다. 내가 사용하는 언어는 사회적으로 구성되었고 타자와 나를 구분 지으며 탄생했으니, 분명 기울어져 있을 거다. 게다가 나는 음성언어와 문자언어를 사용한다. 비장애인 중심 세계에서 치우친 방식으로 〈무해한 말들〉이라는 연재를 하는 건, 처음부터 한계와 모순을 끌어안는 일이었다. 한계를 인정하지 않는다면 나는 그 말 속에 스스로 갇혀버릴 거였다.

무해함이라는 단어에 집착하던 시기가 있었다. 그때 나는 아무것도 쓸 수 없었다. 아무 말도 할 수 없었다. 그러다가 생각했다. 아무것도 하지 않는 게 무언가를 해보려는 시도보다 나을 수는 없겠다. 내가 할 수 있는 방식으로 쓰레기를 줄이고 윤리적 식탁과 공존하는 생활을 고민하듯, 신중하게 글과 말을 뱉어보자. 그 뒤 나는 우여곡절을 겪으며 무해한 말의 여정을 걸었다.

한때 나는 누군가 잘못된 표현을 쓰면 싸늘한 표정으로 말했다. "너무 차별적이네요." 그건 '당신은 차별주의자'라고 도장 찍는 행위와 같았다. 지적을 들은 상대는 입을 꾹 다물거나 아예 내 앞에서 사라졌다. 그가 사라지길 원한 건 아니었는데, 그게 내게 주어진 중요한 실천이라고 믿었던 시기도 있었다.

내가 아는 유해한 언어 구사자를 꼽으라면, 엄마를 빼놓을 수 없다. 50대 중반인 엄마는 대부분의 대화 주어를 성별로 쓰는 사람이다. 엄마의 말 80퍼센트는 "그 여자는~, 그 남자가~"로 시작한다. 가끔 나를 만나면 "여자는 화장을 잘해야 예쁨받아. 남자는 시각적인 동물이잖아"처럼, 오래된 농담 같은 말을 현재진행형으로 표현한다. 그때마다 엄마를 앉혀놓고 잔소리하거나 성교육 피피티를 띄워서 세상에 여성과 남성만 있는 게 아니라 여러 성별이 존재한다고 강의했다. 엄마는 "어머, 그렇구나"라며 놀라워하다가도, 익숙한 주어를 포기하진 못한다. 50여 년간 입에 붙은 습관을 한 번에 떼긴 어려운 거다. 가끔은 "여자는"이라고 말한 뒤에 멈칫하고, "여자라는 표현 써서 너 또 뭐라고 할 거지? 그래도 나 좀 쓰게 해줘"라고 고집부리거나, "그래, 그 사람은……"으로 고치기도 한다.

그런 엄마는 나에게 직업으로 사람을 차별하지 말아야 한다는 걸 어릴 때부터 알려준 사람이기도 하다. 내가 살아가는 방식과 쓰는 글을 가장 적극적으로 옹호하는 사람이기도 하다. 나뿐 아니라 다른 소외된 존재에게 기필코 마음 쓰는 사람이다. 그러니까 해묵은 주어를 포기하지 못한다고, 나는 쉽게 엄마를 차별주의자라고 판단할 수 없다. (눈치챘겠지만, '엄마'라는 호칭도 가족주의적이며 성별 이분법적인 표현이라는 한계가 있다.)

지난해 시민단체에서 글쓰기 강좌를 열었을 때, 첫 시간에 평등 약속문을 공유했다. 이 자리는 서로의 글과 삶을 나누는 곳이니까 성별 정체성, 성적 지향, 인종, 지역, 학벌, 나이 등 다양한 기준으로 차별하지 말자는 내용이 담긴 약속문이었다. 차별적 언어를 경계하는 구체적인 조항의 1부터 10까지 함께 읽은 뒤에 돌아가면서 자기소개를 하는데, 매력적인 타투를 팔에 새긴 케이가 말했다. "제가 이 모임을 신청할 때, 담당자분이 제 이름으로 저를 남성으로 짐작하신 것 같았어요. '모임에 참여하는 전부가 여성인데, 남성이 계시면 더욱 재미있을 것 같다'고 말씀하셨거든요. 오랜만에 그런 이야기를 들어서 재미있었어요. 사실 저는 논바이너리(남성이나 여성으로 구분하는 기존 성별 이분법을 벗어난) 트랜스젠더거든요." 케이의 말에는 비난보다는 상대가 충분히

실수할 수 있다는 뉘앙스가 묻어 있었다. 케이는 담담하게 말하고 있었다. '나는 이런 존재입니다.'

마침 케이 옆에 있던 담당자는 화들짝 놀라며 답했다. "앗, 제가 또 실수를 저질렀네요. 경계하려고 노력하는데, 자꾸 실수해요. 죄송합니다. 말해줘서 정말 감사해요." 그 자리에 있는 모두는 두 사람의 대화를 통해 배울 기회를 얻었다. 자기도 생각하지 못했던 부분을 알게 되었다며 고백하는 사람도 있었다.

상대를 단정 짓지 않는 케이의 솔직한 표현과 바로 자신이 모른다는 사실을 인정하던 담당자의 모습. 그때 우리는 손가락 한 마디 정도 나아질 기회를 가졌다. 그 모습이 유해한 존재일 수밖에 없는 우리가 덜 유해해질 수 있는 유일한 방법이 아닐까 생각했다. 무해한 말이라는 불가능한 도착지로 함께 가는 여정. 어쩌면 우리는 마주침 속에서 조금씩 나아진다는 믿음을 안고, 순간순간 덜 유해해지기 위해 분투하는 중일지 모른다.

나는 매일 실수하며 살아간다. 내가 그나마 덜 실수하게 된 건, 내게 주어진 자원 덕분이다. 실수를 그때그때 알려주던 관계와 차별적 표현이 무엇인지 공부할 수 있었던 시간과 여유, 그런 것들이 나에게 덜 유해한 언어를 알려주었다. 일종의 특권에서 온 올바름의 기준을 기억하며, 누구나 실수하면서 나아질 기회를 마련하는 일이 요즘의 화두이다. 이것은 아직 모르는 게 많은 나에게도 꼭 필요한 여백이다. 실수하고 성장할 기회를 만드는 일. 그 일을 함께하기 위해 오늘도 불가능한 주제로 글을 쓴다.

만나서
반가웠어요

강연 전날 밤, 잠들기 전 침대에 기대앉아 섭외 메일을 다시 읽는다. 내일은 기혼 여성들과 함께 글 쓰는 자리구나. 교사들과 자기 서사를 쓰는 일의 필요성을 나누는 자리였지. 청소년들과 페미니즘을 이야기하는 날이구나. 몇 시간 뒤 내가 마주할 사람들을 상상하면 벌써 그곳에 있는 기분이 든다. 구체적으로 감각하고 싶을 때면 일부러 청소년기에 썼던 일기장을 펼쳐 본다. 청소년이었던 내가 만나고 싶었던 사람, 그때 필요했던 이야기가 무엇이었는지 생각한다. 엄마가 쓴 글을 읽거나 글 수업에서 만난 교사들의 고충을 떠올린다. 관련 책을 찾아 읽는다. 상대의 자리로 잠시 몸을 이동해 내가 할 수 있는 말을 떠올린다.

다음은 준비한 자료를 쭉 훑고 점검하는 시간이다. 피피티를 활용하는 자리에서는 아이패드에 저장한 피피티 화면을 띄워서 꼭 전할 이야기를 화면 안에 메모한다. 피피티를 활용하지 않을 때는 내용을 정리한 노트를 읽는다. 번호를 매긴 문장을 읽으며 전체적인 흐름을 익힌다. 토크쇼 같은 대담 자리에는 대본이 필요하다. 대본을 인쇄해서 A5 색지에 붙인다. 이 시간은 마치 글이 인쇄되기 전 최종 퇴고를 하는 시간과 같다. 덜어도 되는 내용은 최대한 덜어낸다. 한정된 지면에 여러 좋은 문장을 넣으려고 하면 글이 방향을 잃는 것처럼, 한정된 시간 안에 꼭 전하고자 하는 질문 하나, 그 하나를 남기기 위해 덜어낼 곳을 살핀다. 그렇게 읽고 매만지다가 잠이 든다.

강연 당일, 아침에 눈을 뜨면 씻으러 가기 전에 먼저 음악을 재생한다. 최근 몇 주 동안은 삼파 더 그레이트Sampa The Great의 〈Energy〉를 들었다. 제목처럼 에너지가 올라오는 리듬과 멜로디, 가사를 음미하며 몸을 들썩거린다.

Intuition and ambition (직감과 열정)

Running through my veins (내 혈관 속에 흐르고 있는걸)

Pour up the love let the healing begin (사랑을 퍼부어 치
유를 시작해)

A beg you open your yhes for (귀를 열어줘)

Listen (들어봐)

In dis wol we dey oh (이 세상에 우리는 있다)

집을 나서기 전에는 작은 가방에 아이패드나 노트, 대
본, 펜을 넣는다. 그리고 책 한 권을 준비한다. 가는 길에 갑
자기 두려움이나 불안이 엄습할 때가 있는데, 그럴 때 읽을
책을 부적처럼 꼭 챙긴다. 차 안에서 멀미하지 않으려면 잘
게 쪼개 읽을 책이 필요하다. 시집이나 어느 장이든 펼쳐도
눈에 들어오는 책을 주로 고른다. 오늘 내 곁에 있는 책은
테리 템페스트 윌리엄스의 《빈 일기》이다.

"우리는 여기에 왜 있는 걸까?"

"이야기가 계속 이어지게 하려고."

"이야기가 뭘까?"

"이야기는 생명이지."[21]

　무작정 펼친 102페이지에서 눈에 들어온 대화. '이야기는 생명'이라는 말을 곱씹는다. 기억한다. 조수석에 앉아 책도 읽고 하늘도 보고 잠깐 졸다 보면 어느새 강연장에 도착한다. 도착하자마자 흡연 구역을 찾는다. 박하 향이 나는 전자 담배를 한 대 피운다. 이 시간은 나에게 힘을 빼는 시간이다. 숨을 후 뱉으며 며칠 동안의 생각을 함께 뱉는다. 예측할 수 없는 만남 앞에서는 어깨에 들어간 힘을 빼는 게 좋으니까. 분위기에 녹아들 수 있도록 나는 연기처럼 흐물흐물해진다.

　조금 일찍 도착하면 열심히 자리를 정리 중인 주최 측 선생님들이 있다. 나는 인사를 건넨다. "안녕하세요! 반갑습니다." 그럼 누군가 응답한다. "제가 메일을 보냈던 OO이에요. 반가워요." 인사를 주고받으며 오늘 모이는 사람들이 서로 아는 사이인지, 처음 보는 사이가 많은지 정보를 묻는다. 친밀감에 따라 분위기가 바뀌니까 미리 알아두면 적응에 도움이 된다. 배정된 자리에 앉아 공간의 조명, 공기, 분위기에 익숙해지려고 한다.

사람들이 하나둘 자리에 앉고, 약속된 시간이 온다. 정시에 시작하는 일은 드문 편이다. 여러 사정으로 조금씩 늦는 사람들을 위해 5분에서 10분 시간이 미뤄지면, 아까 인사했던 주최 측 선생님이 양해를 구한다. 나는 자리에 앉아서 들어오는 분들에게 눈인사를 건넨다. 모든 만남에서 빠지지 않는 단골 대사, 날씨와 식사 얘기도 빼놓을 수 없다. 밥은 드셨어요? 오늘은 너무 더웠죠. 추운데 오느라 고생 많으셨어요. 이렇게 소소한 이야기를 나누며 다시 긴장한 마음을 푼다.

이제 마이크를 잡을 시간이다. 마이크를 잡는다고 내 태도가 바뀌진 않는다. 그 분위기에 맞춰 인사를 건넨다. 내 처음은 항상 이렇게 시작한다. "안녕하세요. 저는 집필 노동과 강연 노동을 하는 홍승은이라고 합니다. 반갑습니다." 정말 반가워서 반갑다고 말한다. 언제든 화장실에 다녀오시라 안내하고, 피곤하면 눕거나 일어나거나 나갔다 와도 된다는 공지를 한다. 쉬는 시간은 꼭 한 시간 안에 한 번은 갖겠다고 약속한다.

본격적으로 이야기를 시작한다. 주로 말하는 사람은 나지만, 일부러 중간중간 질문을 던진다. 대화하는 느낌을 이어가고 싶기 때문이다. 피피티 화면에 띄운 문장을 다 함께 읽기도 한다. 내가 "시~작!"을 외치면 곳곳에서 목소리가 들린다. 최근 글쓰기 강연에서는 이 문구를 함께 읽었다.

목소리를 가진다는 것은
단순히 무언가를 말할 수 있다는 뜻만은 아니다.
그것은 또한 역할을 가진다는 것,
주체성을 가진다는 것,
"이 경찰이 폭력을 쓰는 것을 내가 목격했습니다"라는 말이든
"아니, 너랑 섹스하기 싫어"라는 말이든
"내가 꿈꾸는 사회는 이렇습니다"라는 말이든
남들에게 영향을 미치는 말을 할 수 있다는 뜻이다.
— 리베카 솔닛, 《이것은 이름들의 전쟁이다》[22]

글자 하나하나를 입 밖으로 꺼내 말할 때, 사람들의 목소리는 점차 단단해진다. 어떤 때는 합창처럼 들리기도 한다. 마지막 문장을 읽으면 잠시 침묵이 찾아온다. 그 침묵에서 많은 소리가 들리는 것만 같아 나는 그 순간을 좋아한다.

비슷한 내용도 분위기에 따라 조금씩 변형되고 변주된다. 사람들과 나 사이의 상호작용을 통해 나도 할 줄 몰랐던 예측할 수 없는 이야기가 탄생하기도 한다. 우리는 정말로 함께 말하는 중인 거다. 그렇게 대화하듯 시간이 흐르면 어느새 끝이 온다.

마지막 인사에서도 나는 반갑다는 말을 빼먹지 않는다. 이 자리에 오기까지 내가 경험한 다양한 굴곡과 상처, 웃음들이 스쳐 간다. 처음 섭외 메일을 받을 때 망설이던 마음도 떠오른다. 내 앞에 있는 한 사람 한 사람도 망설임과 긴장과 설렘 사이를 오가며 이 자리에 왔겠지. 이곳에 존재하기까지 많은 굴곡과 상처, 웃음을 지나왔겠지. 그런 우리가 만난 지금은 정말 반가운 일이 맞다. 서로의 용기가 우리를 만나게 했으니까. 그간 잘 살아남았다고, 우리 앞으로도 함께 힘껏 존재해보자고 서로를 다독이듯 인사를 건넨다.

"정말 반가웠어요. 저를 믿고 초대해주셔서 감사합니다."

"우리 다시 만나요."

* SSA 요원들에게

제 글의 첫 독자가 되어주셔서 감사합니다.

여러분의 정성스러운 편지가 이 책에게 첫 용기가 되어줬어요.

1. 트레시 맥밀런 코텀 지음, 김희정 옮김,《시크》, 위고, 2021, 28, 29쪽.

2. 조던 스콧 글, 시드니 스미스 그림, 김지은 옮김,《나는 강물처럼 말해요》, 책읽는곰, 2021, 9쪽.

3. 같은 책, 21쪽.

4. 같은 책, 31쪽.

5. 1992년 조이 레너드가 시인이자 예술가 아일린 마일스Eileen Myles의 미 대선 출마를 지지하며 쓴 시. 퀴어 잡지에 실릴 예정이었으나 잡지 발행이 취소되면서 유인물로 사람들 사이에 공유되었다. 취소선은 원문의 표기를 살려 옮겼다.

6. 하재영,《친애하는 나의 집에게》, 라이프앤페이지, 2020, 159쪽.

7. 최현희, 〈우리에겐 페미니스트 선생님이 필요합니다〉,《닷페이스》, 2017년 8월 16일. https://www.youtube.com/watch?v=RArvdK3MbU8

8. 정혜윤,《마술 라디오》, 한겨레출판, 2014, 52쪽.

9. 같은 책, 52쪽.

10. 곽민지, 《아니 요즘 세상에 누가》, 위즈덤하우스, 2021, 213쪽.

11. 진은영, 〈별은 물고기〉, 《일곱 개의 단어로 된 사전》, 문학과지 성사, 2003.

12. 이가연, 〈신아원 농성장 정리… "더 강력한 탈시설지원법 제정 투쟁" 예고〉, 《비마이너》, 2021년 2월 8일.

13. 나경희, 〈전장연 대표는 왜 TV토론에 나가는 게 소원이었을 까〉, 《시사IN》, 2022년 4월 26일.

14. 엄기호, 《고통은 나눌 수 있는가》, 나무연필, 2018, 11쪽.

15. 김혜순, 《여성이 글을 쓴다는 것은》, 문학동네, 2002, 4쪽.

16. 김현경, 《사람, 장소, 환대》, 문학과지성사, 2015, 192쪽.

17. 보배, 《우리는 무지개를 타고》, 아토포스, 2019, 113쪽.

18. 이다울, 《천장의 무늬》, 웨일북, 2020, 58쪽.

19. 안미선, 《당신의 말을 내가 들었다》, 낮은산, 2020, 87쪽.

20. 같은 책, 97쪽.

21. 테리 템페스트 윌리엄스 지음, 성원 옮김, 《빈 일기》, 낮은산, 2022, 102쪽.

22. 리베카 솔닛 지음, 김명남 옮김, 《이것은 이름들의 전쟁이다》, 창비, 2018, 88쪽.

비밀요원 명단

강지연 ♥ 강현정 ♥ 고석호 ♥ 고세양 ♥ 곽기은
김그린 ♥ 김다현 ♥ 김상아 ♥ 김정다운 ♥ 김지수
김현경 ♥ 김혜현 ♥ 김효진 ♥ 나비 ♥ 다나
대햄 ♥ 도윤 ♥ 도토리 ♥ 려진 ♥ 리카
먼지민 ♥ 모윤지 ♥ 무아 ♥ 민별 ♥ 박수정
박연지 ♥ 박은영 ♥ 배들소 ♥ 백윤하 ♥ 별님
보라콜리 ♥ 사유 ♥ 서희 ♥ 손바닥 ♥ 손정슬
스쉘이 ♥ 스투키 ♥ 안정원 ♥ 안정진 ♥ 양다혜
양혜린 ♥ 우은희 ♥ 유병욱 ♥ 유진초이 ♥ 윤현
이나래 ♥ 이영주 ♥ 이유 ♥ 이은주 ♥ 임윤
임형순 ♥ 전예솔 ♥ 정다인 ♥ 정뽑 ♥ 정선희
정영숙 ♥ 정은영 ♥ 조수정 ♥ 조영아 ♥ 조예진
즈흐 ♥ 진희지니 ♥ 쬬쬬 ♥ 최나용 ♥ 최슬지
최지원 ♥ 최현서 ♥ 편 ♥ 하은혜 ♥ 한성희
현 ♥ 호수 ♥ 0020 ♥ caomei

비밀기지 목록

· **나락서점**
부산광역시 남구 전포대로110번길 8 지하 1층

· **너의 작업실**
경기도 고양시 일산동구 일산로380번길 43-11

· **다다르다**
대전광역시 중구 중교로73번길 6 1층

· **버찌책방**
대전광역시 유성구 인근 이동식 책방(인스타그램 참조)

· **북스피리언스**
서울특별시 마포구 연남로11길 34 지하 1층

· **소양하다**
강원도 춘천시 효제길37번길 3

· **이랑**
경기도 고양시 일산서구 일현로 127 가동 2층

· **이후북스**
서울특별시 마포구 망원로4길 24 2층

· **책방꼴**
서울특별시 마포구 월드컵북로5나길 18 112호

· **책방이층**
대구광역시 중구 달구벌대로393길 48 1층 좌측

· **책방토닥토닥**
전라북도 전주시 완산구 풍남문2길 53 2층 청년몰

* 이 책은 독립서점을 기반으로 한 위즈덤하우스 사전 독서 모임 'SSA 비밀요원 프로젝트 9기'를 통해 제작되었습니다.

숨은 말 찾기

초판 1쇄 인쇄 2022년 7월 22일 **초판 1쇄 발행** 2022년 8월 3일

지은이 홍승은
펴낸이 이승현

편집2 본부장 박태근
스토리 독자 팀장 김소연
책임 편집 이은정
공동 편집 강소영 곽선희 김해지 조은혜
디자인 조은덕

펴낸곳 ㈜위즈덤하우스 **출판등록** 2000년 5월 23일 제13-1071호
주소 서울특별시 마포구 양화로 19 합정오피스빌딩 17층
전화 02) 2179-5600 **홈페이지** www.wisdomhouse.co.kr

ⓒ 홍승은, 2022

ISBN 979-11-6812-395-3 03810